見朝宋聽好聲音

宋詞那些人、那些故事

蘇淑芬 著

推薦序

跟著宋詞，從今朝回到宋朝

臺灣師範大學國文系／林佳蓉教授

它賦予漢字文字系統中最精緻美麗的文學形式。

——詞，是宋朝之「獨藝」，

《聽見宋朝好聲音》，光看書名，就很想移動手指翻開書頁；移動我們的視線，進入瀰漫平仄抑揚、聲韻頓挫的詞林，聽一闋又一闋如間關鶯語的長短句，在花葉底下穿梭流動；看幾行小令或樂句長調，緩緩抒發低回要眇、細膩婉轉的情思幽怨。

但是，作者在詮釋這些躍動的靈思、閃爍動人美感的作品時，卻有意翻轉宋詞幽約怨悱的一面，而以一種輕鬆愉悅的筆觸來傳譯宋詞中有時過於深雅傷愁的文字。從書名，分類標題，到每篇的題名，皆加上幾分詼諧，語帶趣味。如介紹秦觀的〈滿庭芳〉，題目是「別唱啦，這歌惹得老師不開心」，點出蘇軾曾批評秦觀習仿柳永詞作風格句法的不是；而解說李清照的〈醉花陰〉，用「鶼鰈情深是一回事，拚場還是不能輸」為題，概括趙明誠為了不輸妻子李清照的填詞才思，曾廢寢忘食苦思三天三夜，寫了五十首詞作的較勁故事。即使是內文賞析，多少也融入一些俏皮幽默的思維，或結合今日時下的流行用語，使導讀的內容呈現清新的現代感。

這本書，有妥貼的語譯，清晰的說明，與史傳掌故出處的注釋，方便讀者根據附註的資料檢閱原文。在適切知識性的編織之下，讀來又可讓我們莞爾一笑，能讓我們倚在茄冬樹下，或窩在籐椅上舒服地看它，用一種歡喜的生命姿態進入古典文學的世界，而歡喜、舒張心靈，不正是我們緊張、忙碌、充斥各種壓力的現代社會生活中，最最需要的解劑!?

《聽見宋朝好聲音》，賦予了宋詞的知識，更賦予了珍貴的閱讀歡樂，將讀者從今朝帶向典雅的宋朝。

前言

唱歌力量大

會唱歌，真是上帝給人最好的禮物。只要輕輕張開口，如怨、如慕、如訴、如泣的歌聲，流洩著濃濃的情感與心意，就能深深打動人的心。

擁有「十億個掌聲」的鄧麗君，歌聲圓潤甜蜜，彷如天籟美音，使聽者如沐春風，「君在前哨」的勞軍活動更是鼓舞軍心。溫暖的歌聲讓年輕人歡欣，壯年人陶醉，老年人得安慰，憂鬱者為之療癒，她的歌聲「甚至比莫札特音樂都好」[1]。

「樂壇天后」江蕙的歌聲溫暖，陪伴臺灣人走過半個世紀，也安慰許多受傷的心靈，使他們內心平安。紐西蘭父親費爾（Phil Tchernegovski）來臺灣尋找登山失蹤的兒子，他說江蕙的歌聲「像打開心門的一把鑰匙」，如「宗教福音般的震撼、撫慰與救贖」[2]，療癒了他焦慮不安的心。

其實，自古以來，歌聲即能安定人心、慰藉創傷的心靈。北齊高祖高歡率軍攻打西魏，久攻不下，軍隊折損慘重，光是死亡士卒就有七萬人左右，高歡憂憤生病，幾乎不起。一天夜裡見大星墜落在營中（古人以為隕石是將星墜落），高歡又驚又怕，趕快撤軍。一時間人心惶惶，高歡便下令斛律金用鮮卑語大唱〈敕勒歌〉：「敕勒川，陰山下，天似穹廬，籠蓋四野。天蒼蒼，野茫茫，風吹草低見牛羊。」蒼勁慷慨的歌聲撫慰了人心，連高歡都親自和唱，哀感流淚，涕泗橫流，軍心也漸漸穩定下來。雖然斛律金不識文字，但他歌唱發出慰藉的能量如此奇妙，連當時徐陵與庾信等大文學家都比不上。[3]

唱歌，發出來的力量真大。

唐朝有一個很會唱歌的人名叫李袞，他的歌聲享譽江南，驚動京城。有一回，崔昭從江南到長安朝見皇上，他帶著李袞同去。崔昭一到京城就廣邀賓客，並邀請長安首席樂師以及京城名妓參與盛會。他對大家說：「我有個表弟從江南來見見世面，就請他坐在末座。」然後叫穿著破衣的李袞出來坐席，滿座的賓客都不把他放在眼裡。酒過數巡後，音樂響起，先請當時有名的歌者曹元謙、念奴，歌唱助興。一唱完大家都拍手叫好，讚不絕口。崔昭說：「想請表弟為大家獻唱一曲。」在座的人不是懶得理，就是嘲笑，還有的很生氣李袞憑什麼能獻唱。等到李袞嘹亮的歌聲響起，所有樂工、歌妓都大吃一驚，甚至感動到哭了起來，喊道：「這一定是名震江南的李八郎！」[4]樂工、歌妓們全起身排成一列，跪對著李袞連連下拜。這種前踞後恭的態度，讓人領教到歌唱的震懾力量足以折服大眾，扭轉局勢。

唱歌，還能展示氣概，光宗耀祖。

漢高祖劉邦平定英布之亂後，凱旋歸來，途經故鄉沛縣時，和父老兄弟一同饗宴。酒酣中，劉邦親自擊筑，高唱他創作的〈大風歌〉：「大風起兮雲飛揚，威加海內兮歸故鄉，安得猛士兮守四方。」歌聲傳達聲威震海內的雄姿氣概，是衣錦還鄉的雀躍與張揚，是光宗耀祖的展示，是長治久安的期盼，更是故鄉遊子告慰父老鄉親的方式。劉邦唱完後，還命令兒童們跟著唱。意猶未盡，甚至起身跳舞，情緒激動，流下數行熱淚。

漢高祖在沙場上勇猛慷慨，唱起歌來卻十足感性，像赤子一般，唱歌讓他展現自信，躊躇滿志。也藉著歌聲曲調流露真情，發洩情緒，以此得到慰藉、滿足，並產生共鳴。

宋朝人尤其愛唱歌，上至皇帝、大臣，下至販夫、走卒，每個人都愛寫歌、愛唱歌。無論是生日、宴會、離別、相思，都可以唱，也都唱得出來。從《全宋詞》收錄了詞人一千三百多位，詞作約兩萬多首，就知道宋詞在當時受歡迎與普及的程度。

宋詞就是宋朝的歌，詞譜就是詞的曲子、旋律。最早的時候，詞牌用於表達詞的內容，比如〈漁歌子〉是歌詠漁夫，〈女冠子〉是歌詠女道士，〈河瀆神〉則是詠祠廟的歌。但後來詞譜亡佚，詞牌和內容就變得不相干了，像李後主的〈相見歡〉「無言獨上西樓」，與你想像的不一樣，不是講相見的歡愉，而是「剪不斷，理還亂」的傷感。〈壽樓春〉也不是用來祝壽，而是用來悼亡。

宋人填詞必須先有詞譜，才能按著譜式填上文字。那時候沒有電視、電影、手機，人們最大的娛樂就是到歌樓裡，聽著美麗的歌妓敞開嗓子，和著音樂的旋律唱歌，既能娛樂大家、排遣鬱悶，還能解酒消氣。宋詞的流行，大多是靠歌樓裡歌妓的傳唱。

清朝《詞逕》曾記載：「無才固不可作詞。」[5]意指沒有才能的人是沒能力填詞的。誰有才能寫出膾炙人口的詞，誰就會受歡迎、受崇拜。柳永自稱「才子詞人」，很多歌妓排隊等著他填詞，如果拿到柳永哥的新詞，想不紅也難，身價馬上暴漲十幾倍，比現代人參加歌唱比賽得獎還管用；因為柳永的詞音律諧婉，語意妥貼，紅遍海內外。這就像現代的歌手需要找到優秀的填詞者、作曲人，為自己唱的歌加分。

起初宋人填詞大多在歌樓酒筵，或是拜訪、應酬、餞別等時刻。但是唱歌的能量太強大，優點太多，漸漸演變成除了單純的娛樂外，另有目的的填詞寫歌。

寫歌成為找工作的敲門磚。當時稱為「干謁」（有目的求見），像柳永的〈望海潮〉，獻上一首稱頌長官的詞，當作自我推銷的名片，期望因此找到好工作。

有的寫詞給長官祝壽，為的是表達統一中原的抱負，如辛棄疾〈水調歌頭・壽趙漕介菴〉：「要挽銀河仙浪，西北洗胡沙。」趙介菴是宋朝宗室，期望他能肩負復國重任，以銀河仙浪洗滌中原被金占領的羶腥味。又如〈洞仙歌・壽葉丞相〉：「好都取山河獻君王。」期望葉衡丞相能統一中原，獻給君王。

有的寫詞是期望長官能幫忙處理債務，如鄭無黨這個人本性不受拘束，很會填詞，打聽到成都太守許將最喜愛〈臨江仙〉詞，就在許將舉辦中秋節宴會時，請歌妓唱他填的〈臨江仙〉「不比尋常三五夜」。許將聽後問誰寫的？歌妓回說鄭無黨，許將覺得他有才華，打算推薦鄭當官，但鄭無黨無意功名，說：「我投遞訴狀，只是期望能處理官府追討我積欠數千串銅錢的事。」[6]

有的人寫詞，皇帝就將宮女賞賜給他，如宋祁寫〈鷓鴣天〉。有的人寫詞，就不用防守邊疆，直接唱凱歌回師朝廷，如蔡挺〈喜遷鶯〉。有人寫詞，馬上就有官做，如俞國寶〈風入松〉。有人寫詞，把自己救出監牢，如吳淑姬〈長相思令〉，詞的力量超越法律與制度。因為一首歌得到有形、無形的好處，這樣的例子多不勝數，讓人驚訝，甚至羨慕。

但不是每個人填詞都很幸運，也有許多人是填詞的受害者，因填詞飛來橫禍，是詞人始料未及的，如柳永寫了〈醉蓬萊〉，皇帝看了很火大，下令讓他落榜。蘇軾被貶到湖北黃岡當團練副使[7]，列為境管人物，有一天與朋友喝酒後，填下〈臨江仙〉，被太守徐君猷誤為逃犯。朱敦儒年輕時寫〈鷓鴣天〉，表明不屑功名，一派清高的樣子，後來為了兒子到秦檜手下當官，被人嘲笑。還有人因為唱了一首歌，莫名其妙被送進監牢。有一個縣官為了歡迎來視察的長官楊萬里，請歌女在酒會裡高唱葉夢得的〈賀新郎〉，不料詞中有句「萬里雲帆何時到」[8]，嚴重冒犯了長官楊萬里的名諱，歌女馬上被縣官關入大牢。在宋朝，有些歌可不能隨便亂唱。

還有一部分人，寫歌、唱歌是為了表明自己的心，有些是感恩別人在皇帝面前推薦自己當宰相，如陳堯佐〈踏莎行〉；有的是久久考不上科舉，被嘲笑戲弄，寫一首詞立志將嘲笑踩在腳下，如侯蒙〈臨江仙〉；有的是沒錢付醫藥費，唱首歌並奉上歌妓一名抵帳，如辛棄疾〈好事近〉；有的是妻子不得婆婆歡心，被迫離婚，唱出失婚的痛苦，如陸游〈釵頭鳳〉；有的人被惡少欺壓，唱一首歌來申訴，表明自己的梅花精神，如洪惠英的〈減字木蘭花〉。

詞剛興盛時，原本是音樂的附庸，但經過唐、五代，詞已是獨立的文學，雖然大部分的工尺譜[9]已經亡佚，但現在還是有許多詞是可以歌唱的。宋詞之所以感動人心，在於寫出了人們的心聲，文字雋永美妙，能引起廣大的共鳴。

注釋——

1 參考施以諾主講：〈音樂與身心健康〉演講。

2 參考林欣誼：《中國時報．紐西蘭老爸尋子，找到臺灣之愛》。

3 王灼：《碧雞漫志》，見唐圭璋《詞話叢編》，冊一。「金不能書，當時徐、庾輩不能也。」

4 參考李肇：《國史補》卷下，李清照〈詞論〉。

5 孫麟趾：《詞逕》引蔗鄉云：「無才固不可作詞，然逞才作詞，詞亦不佳。」見《詞話叢編》，冊三。

6 參考楊湜：《古今詞話》，見《詞話叢編》，冊一。

7 團練使的副職，從八品，無執掌，用以安置貶降官員。

8 葉夢得：〈賀新郎〉詞句。

9 工尺譜：中國傳統記譜法，用「工、尺」等字表示音高和唱名。

目次

這詞掀起好大風波

詞人心情百百款

好詞帶你上天堂

唐朝的盧藏用考中科舉後，為了引起公卿注意，以退為進，隱居在終南山，最後被禮聘出來做官。另一位隱士司馬承禎也被徵召，但堅持不肯做官，想回山裡隱居，盧藏用送他返鄉，在路途中指著終南山說：「此中大有嘉處。」司馬承禎慢慢回答：「在我看來，實在是做官的捷徑啊。」這就是日後人們嘲笑為獵取官名而隱居，走的是「終南捷徑」。

宋朝人愛唱歌，愛寫歌，他們只要發自肺腑，寫首好歌，張口高唱，就可直接表明心意，自有好康上門，毋須蓄意隱居，也不用特意求官，好歌還流傳到了現在。

相較於現在的藝人開演唱會，需要公關、舞臺、音響等，花費許多財力、人力，或可獲得票房豐富的收入、名聲，但是幾年後，誰會記得那些曲子及歌詞？宋朝的歌卻是歷久彌新，雖然經過一千多年，仍廣為流傳，其優美的詞句與情韻，深深觸動我們的心靈，如今更成為文學經典。大學的中國文學系將宋詞列為必修課程，還有專門吟詩唱詞的社團。

在宋朝，因為皇帝的喜愛與大力提倡，音樂歌舞興盛，再加上群眾的喜愛，所以詞傳布廣泛。會唱歌、會寫歌的人，實在受人歡迎，而且有意想不到的好處。宋孝宗某年八月到浙江亭觀賞錢塘潮，太上皇宋高宗和孝宗都很開心，說錢塘地形很奇特，錢塘潮更壯觀，是天下難得一見的勝景（「錢塘形勝，東南所無。」「錢塘江潮，亦天下所無也。」）太上皇因此命令在場的官員們寫〈酹江月〉詞，到傍晚呈上寫好的詞，最後由知名書法家吳琚得到第一，高宗與孝宗都給予極多獎賞，令人稱羨。

為皇帝寫詔書的韓縝唱首歌，竟然可以帶妾出使西夏，現在想來都很荒謬。小小的縣尉王琪只唱了一句歌，就獲得晏殊的賞識，馬上升官。岳州教官（掌管教化的學官）陳詵則用一首詞拯救了原本要被黥面和發配的歌妓，這些殊榮都不是金錢買得到的，而是靠宋詞極大的魅力。

一句好歌詞，邁向發達路

一曲新詞酒一杯。去年天氣舊亭臺。
夕陽西下幾時迴。
無可奈何花落去，似曾相識燕歸來。
小園香徑獨徘徊。

——晏殊〈浣溪沙〉

我拿起一杯美酒，聽一曲新歌，依舊是去年這樣的春天，也是同樣站在這座亭臺上。美好的時光一向太短暫，好像夕陽西沉難以久留，不知幾時才會再度東昇。

懷著無可奈何的心情，一任花兒飄零落地。好像是曾經認識的燕子又飛回來了，在這落花飄香的小路上，我獨自流連徘徊、沉思。

現代人要靠歌藝出頭很困難，即使是古人也不簡單。宋朝有名的詞人柳永因為寫詞得罪仁宗，管理文官的吏部不讓他調升。他專程到宰相晏殊那裡請他幫忙，晏殊問他：「你也寫歌嗎？」柳永很開心說：「是啊，我和您一樣都寫歌。」沒想到晏殊嫌棄他寫的〈定風波〉歌詞太鄙俗，不屑地說：「我雖然寫歌，但我可不曾寫過像你『針線慵拈伴伊坐』這樣的曲子。」柳永只好沒趣地走了。

晏殊是個七歲就能寫詩的神童，十四歲時參加考試，不但氣定神閒很快答完考卷，進行詩、賦、論考試時，他看到考題後主動說：「這些考題我都做過了，請用別題來考我。」因而受到皇帝的肯定，封為榮譽進士。

晏殊的詞富有哲理，引人深思。例如他寫〈浣溪沙〉：「滿目山河空念遠，落花風雨更傷春。不如憐取眼前人。」就有一種「人應該面對現實，把握現在」的體悟。他認為登高望遠，一味地懷思遠方的親友於事無補，不如憐惜眼前的歌女，感傷一切遙不可及、不可挽回的事物，是徒勞無益的。晏殊雖然也有不少描寫男女愛情的作品，但婉約有韻味，因此一直看不上柳永為歌妓所作的詞，認為過於直接、淺露，沒有品味。

相反的，當時在揚州望縣當一個小小縣尉的王琪，只簡單唱了一句，就獲得晏殊賞識，馬上升官晉爵。〈浣溪沙〉這首歌是晏殊的獨唱曲，可是一、二年來，每次高唱到

「無可奈何花落去」這句就唱不下去，因為歌詞中必須有個對句，晏殊寫了上一句，下一句一直對不出來。

有一次晏殊經過揚州，在大明寺休憩。寺廟的牆壁塗滿過客留下的詩。晏殊閉上雙眼，低頭踱步，叫隨從把牆壁上的詩唸給他聽，但不要說出作者的名字及住處。幾乎每首詩才唸不到幾句就被他打斷，因為大多窮酸無趣。

直到隨從唸出王琪的〈詠史〉詩[1]，他覺得這首詩寫出「當年隋宮樂曲被當成聖樂，不料實為亡國哀音」的哀怨，卻又不帶怒氣，精深而美妙。

晏殊如獲至寶，馬上召王琪來吃飯。飯後兩人閒步池畔，這時已是暮春，地上落花片片。晏殊說：「我每次填詞時，一得到佳句，就趕緊寫在牆壁上，慢慢推敲琢磨，有的一整年都想不到好的對句。就像『無可奈何花落去』，到現在還想不出下一句怎麼對。」王琪不加思索回答：「似曾相識燕歸來。」

這個對句，明朝的大文學家楊慎讚為「天然奇偶」。因為人世間許多美好的事物都無法永遠長存，如春花會凋謝，春光易流逝，全是大自然的規律，也都「無可奈何」，人無法阻止。然而，春花消逝的同時，卻有春燕的歸來，心中稍有慰藉，可也只是「似曾相識」，而不是原來的燕子，讓人再次陷入世事變化的惆悵。

晏殊大為欣賞，聘王琪為幕僚和侍從，常跟在自己左右。不久後還推薦王琪為館閣校勘，這是整理、校勘國家圖書典籍的官。

在當時，擔任館閣校勘的官員無法外派，而晏殊為了徵召王琪，特別簽請皇上恩准[2]，讓王琪同時兼任中央和地方官員，除了正職的薪水，還有職務加給、外派津貼，成為高薪一族。

王琪因一句「似曾相識燕歸來」，從地方調到中央，從九品直升七品。

晏殊太得意「無可奈何花落去，似曾相識燕歸來」這個對句。後來他在南京做官時，又作了一首七言律詩[3]，並在詩中毫不掩飾地寫入這個對句：

> 元巳清明假未開，小園幽徑獨徘徊。春寒不定斑斑雨，宿醉難禁灩灩杯。
> 無可奈何花落去，似曾相識燕歸來。游梁賦客多風味，莫惜青錢萬選才。

詩裡提到遊園的賓客中，有很多是才華橫溢的士子，所以在上位的人，要捨得花錢才能得到有才能的人。言下之意，當然是指自己肯高薪聘用有才的王琪。

王琪獲得晏殊的賞識，兩人常有詩詞唱和、賓主盡歡的趣聞。有一本記錄北宋文壇掌故和軼事的《石林詩話》，作者葉夢得就記載：

王琪在開封擔任圖書校勘時，晏殊堅持要帶他到南京上任當自己副手。北宋官員可以同時兼任中央與地方的職務，正是從王琪開始，從此兩人每日詩詞吟詠非常快樂。有一次中秋，天色陰暗，廚房早已準備妥當，晏殊卻沒說要歡聚飲宴。到了夜晚，王琪暗中叫人探查晏殊在做什麼，回報說已經睡了。王琪快速寫好詩，送到他房中催他起來：「只在浮雲最深處，試憑絃管一吹開。」晏殊躺在床上，看到王琪的詩很開心，趕快穿衣坐起，馬上召人準備各項道具，開始吟詩唱詞。到了夜半時分，月亮果然從雲端露出臉來，一夥人開心喝酒了一整夜。[4]

葉夢得羨慕地說：「晏殊和王琪等前輩的風流趣事，甚至連天上的清風明月都這麼合人心意。」

晏殊的詞集叫《珠玉詞》，珠圓玉潤，富麗閒雅。有人說他一生富貴，才會有這樣富雅的氣象。一生富貴，指的是他十四歲就被封為進士，三十一歲就成為僅次於宰相的二把手。但晏殊其實曾三次被貶官，當官五十年間，貶官外放時間長達十六年。

史書上說晏殊脾氣很硬，態度傲慢，平時喜歡呼朋引伴一起吃飯、喝酒，卻也懂得賞識、提攜有能力的人，像范仲淹、歐陽修，都出自他的門下。但他脾氣傲慢，對看不起的人會直接拒絕於門外，比如柳永；對於他欣賞的人則千方百計提拔，王琪才能夠光憑一句「似曾相識燕歸來」，就讓晏殊另眼相看。

至於王琪，聽說他個性孤僻，很難和人相處。他在孩童時就能寫歌詩，在當校勘時，皇帝宴客，命每人作一首〈山水石歌〉，只有王琪得到皇帝的獎賞。王琪的歌相繼被宰相晏殊、皇帝看上，但留下來的作品並不多，現在《全宋詞》共收他十二首詞。他的〈望江南〉十詞，寫江南的柳、雨、岸、草、竹、燕、酒、月、雪、水，深受歐陽修與王安石的稱讚。

注釋

1 王琪的〈詠史〉詩：「水調隋宮曲，當年亦九成。哀音已亡國，廢沼尚留春。儀鳳終陳跡，鳴蛙只沸聲。淒涼不可問，落日下蕪城。」樂曲終止叫成。《書・益稷》：「簫韶九成，鳳凰來儀。」

2 參考徐松：《宋會要輯稿》，職官十八：「校勘官無有帶外任者，時晏殊奏辟琪，特有是命。」依宋代的官職和薪資，在京城任官可以領正俸和加俸，加俸就如同現在的職務加給，但宋代的加俸更優渥，連隨從和衣服、糧食的錢都包括在內。此外，派到地方的官員，還可多領外派津貼，稱為「職田」，因此王琪同時兼任中央和地方，應該領有正俸、職錢、職田三種薪水，是高薪一族。

3 晏殊：〈示張寺丞王校勘〉。

4 參考葉夢得：《石林詩話》，卷上，第三則。

一首贏得皇帝女人的好歌

畫轂雕鞍狹路逢。一聲腸斷繡簾中。
身無彩鳳雙飛翼，心有靈犀一點通。
金作屋，玉為籠。車如流水馬游龍。
劉郎已恨蓬山遠，更隔蓬山幾萬重。

——宋祁〈鷓鴣天〉

我倆狹路相逢，迎面而來的皇家車隊壯觀華麗，突然有一輛車掀開繡簾，美人兒一聲溫柔的呼喚，像觸電般震撼我的心靈，驀地兩人四目交接，雖然我沒有像彩鳳般的雙翼可以飛躍而過，然而兩顆心有如靈犀（犀牛角上有條白紋，從角端直通大腦，感應靈敏），不須言語，就能彼此相知相通。

因為美人是皇宮內眷的身分，所以坐著金馬車，住豪華的房子。她就像是被關在玉籠中的鳥兒，失去自由，兩人雖心有靈犀，卻無法自由地相戀相愛。繁華的市中心，路上車如流水馬如游龍，喧囂不堪，一下子車隊走了，雖然已經相隔很遠，但無法阻攔心心相印的兩個人。

北宋文學家宋祁有一次坐轎子上朝時，經過熱鬧的市中心，遠遠看見豪華的皇家嬪妃車隊，他趕緊閃到一旁。當皇家車隊擦身而過時，某輛車的美女正好撩開車簾向外張望，一眼就認出宋祁。

宋祁是當時又富又帥的型男，是京城美女們的偶像。這位後宮美人一看到偶像，一時驚喜激動，顧不得皇家禮儀和自己的身分，驚呼：「哇，是小宋耶！」嬌滴滴的呼喊讓宋祁一愣，循聲望去，發現車簾內一位杏眼桃腮的妙齡宮女對自己嫣然一笑。

這短暫的驚鴻一瞥，令坐在轎子內的宋祁心神激盪，立馬拿出他寫歌的看家本領，寫出〈鷓鴣天〉這首情意綿綿的歌。宋祁太有想像力，只聽到一聲嬌滴滴的呼喊，及與美女四目相接的怦然心動，就寫出了一首情意深切、牽腸掛肚的新詞。

其實這首詞大半借用別人的詞句，組合起來卻令人激賞。「身無彩鳳雙飛翼，心有靈犀一點通」和「劉郎已恨蓬山遠，更隔蓬山幾萬重」是借用唐朝詩人李商隱的名句，「車如流水馬如龍」則是西漢劉向《列女傳》[1]裡的句子。

大名鼎鼎的宋祁吐露心意的新詞，訴說兩人的心不須言語，就能彼此相知相通，但因兩人是皇帝內眷與士大夫身分，無法相戀相愛，只能在歌曲中表達無盡的相思。

這首歌馬上傳唱整個汴京城，並且很快傳入宮裡，傳到仁宗皇帝耳中。仁宗欣賞之餘也覺得奇怪，嬪妃們平常深居後宮，如何識得小宋呢？

一個妙齡宮女自行請罪說：「因為奴婢在一次御宴上聽見：宣『翰林學士』，左右內臣都指他為小宋，所以奴婢認得。那天正好在大街上相遇，就忍不住喊了一聲。」

宋仁宗仁慈又愛才，他沒有責怪宮嬪，而是召來宋祁，並叫宮女們唱這首〈鷓鴣天〉，問他：「詞中的女子是哪一位美女啊？」宋祁嚇得魂飛魄散，以為大禍臨頭，連忙跪下請皇上恕罪。哪知皇帝反而做主將宮女賜給了他。宋祁寫歌，不僅抱得美人歸，還得到仁宗的青睞，可說是一舉兩得。

宋祁原本就是多情的人。他六十歲當成都太守時，有一晚在錦江設宴喝酒，感到天氣有點冷，命僕人回家取一件「半臂」（短袖對襟的短外套），妻妾婢女為了爭寵，每人拿出一件，僕人竟帶回幾十件「半臂」來。宋祁望著這一堆「半臂」，想來想去，一件也不敢穿，寧可受凍，咬著牙哆嗦回家[2]，也不想傷害愛自己的人的心，這是他善良純真與體貼的地方。

宋祁這首〈鷓鴣天〉的情歌，和王琪的「似曾相識燕歸來」一樣，簡單寫上兩句，就得到天上掉下來的禮物，連皇帝都被他的詞迷住，造就如此美滿的結局。

宋祁從小聰明過人，仁宗時，他與哥哥宋庠同中進士，禮部本來想選宋祁第一，宋庠第三，但是劉太后覺得弟弟不能排在哥哥前面，決定宋庠為頭名狀元，而把宋祁放在第十位，人們用「大宋」、「小宋」區分這對「雙狀元」兄弟。

宋氏兄弟小時父母先後去世，跟著繼母在故鄉湖北安陸讀書，生活非常貧困。冬至那天，請同學來家裡喝酒。家中沒錢，哥哥宋庠只能把祖傳寶劍劍鞘上裝飾的銀子，拿去換錢辦酒席。宋祁聽到笑著說：「冬至吃劍鞘，過年就要吃寶劍了。」[3]

大概小時候太窮，宋祁兄弟對未來不敢有很大的期待，只求當個三餐溫飽的小官。有一次，兩兄弟求見太守，太守不在，等待時見到太守返家的氣勢與排場，仰慕不已，立志只要能當上太守就心滿意足。好朋友令狐子先嘲笑他們沒志氣，覺得當官就要出將入相。沒想到宋庠後來當上宰相，宋祁當到尚書（如今的部長），令狐子先反而只做到管訴訟案件的地方推官。

宋祁晚年也承認自己年輕時不敢有大志，貧窮卻激發他苦讀向上，加上擁有各項才華，又遇到好機會，才能高居尚書榮華。剛做官時，宋祁抱負滿懷，常多次直言上書，陳述自己安邦治國的意見。他不但希望國家杜絕冗員的浪費，也直言勸諫仁宗皇帝，要以身作則，才有威信；要節儉，後宮佳麗不可太浪費，這樣天下的人才會跟從。在當時，宋祁能夠不避禁諱，直接干涉皇帝的後宮生活，確實需要一定的膽量。

不過宋祁只會勸別人節省，自己的生活用品都很奢侈講究，家中也養了許多妻妾，生了十五個兒子。[4]他常在自己的豪宅內設宴招待客人，喝酒吃飯佐以輕歌曼舞，賓客酒喝完拉開簾幕一看，天早已大亮，因此他的官邸叫「不曉天」。

當宰相的哥哥宋庠剛好相反，品性莊重又節儉。有一次元宵夜，宋庠沒去賞燈赴宴，而是在家讀《周易》。聽說宋祁點燈夜宴，窮極奢侈，宋庠第二天就派人去責問：「還記得當年的上元夜，在學校裡吃爛醃菜飯的情景嗎？」宋祁聽後笑著回說：「當年吃苦攻讀，不就是為了享受今天的榮華富貴？」[5]

宋祁雖然喜歡享樂，但他做學問其實很認真。他與歐陽修同修史書《新唐書》，前後長達十幾年。修撰期間，宋祁一度擔任亳州（今安徽西北方）太守，不管在家或出外，都隨身攜帶文稿。當成都知府時，每晚在燭光下寫書到深夜。[6]

不過，潛藏在骨子裡愛玩樂的因子，還是隨時伺機而出。有一回大雪紛飛，宋祁在燭光下修《新唐書》，問周圍的侍妾：「你們侍奉過的官宦人家，那些家主在這種大雪紛飛的時刻，也會專心著述嗎？」侍妾們回答說沒有。宋祁再問其中一位來自黨太尉家[7]的侍妾：「以前妳老闆在這種天氣，都在幹什麼？」侍妾回答：「圍坐火爐擺下酒宴，由樂隊伴奏，歌妓們歌舞，之間還演雜劇。」宋祁馬上大笑說：「這主意也不錯！」叫人撤掉筆硯改擺酒席，通宵喝酒唱歌。[8]

據說宋祁修史期間，常常賣弄學問，喜愛寫些冷僻詞。歐陽修實在受不了，趁著有一次去探望宋祁，宋祁不在家，他靈機一動，便在門上寫「宵寢匪貞，禮闥洪休」八個字。宋祁回來後，問：「這是什麼意思？」歐陽修說：「這是『夜夢不祥，題門大吉』啊。」宋祁不以為然說：「你就寫『夜夢不祥，題門大吉』，為何用這種冷僻字眼呢？」歐陽修哈哈大笑：「我這是照你的筆法寫的。你修唐書的手法就是這樣呀。」宋祁明白他的用意，後來寫文章再也不用冷僻字詞。[9]

雖然哥哥宋庠是宰相，自視甚高的宋祁卻因看不起滿朝文武官員，一輩子沒當上宰相。但他很會填詞，他的〈玉樓春〉詞中有「紅杏枝頭春意鬧」，唱得太紅了，被封為「紅杏尚書」。而且宋仁宗顯然相當喜歡宋祁，因為一首〈鷓鴣天〉就將宮女送給他，正是最好的例子。

注釋 ——

1 這原本是劉向《列女傳．明德馬后》：「前過濯龍門上，見外家問起居，車如流水馬如龍。」被李煜借去當〈望江南〉的詞句，現在又被宋祁借來。

2 參考宋魏泰：《東軒筆錄》，卷十五。

3 參考王得臣：《麈史》，卷中。

4 參考范鎮：〈宋景文公祁神道碑〉，見杜大圭《名臣碑傳琬琰集》，卷七。

5 參考錢世昭：《錢氏私志》。

6 參考宋魏泰：《東軒筆錄》，卷十五。

7 黨太尉叫黨進，是個文盲，一下雪就在家飲酒作樂。

8 參考潘永因：《宋稗類鈔》，卷四。

9 參考祝穆：《事文類聚》別集卷五，文章部「文不必換字」條。

既得金釵又得美人的歐陽修

柳外輕雷池上雨，雨聲滴碎荷聲。小樓西角斷虹明。
闌干倚處，待得月華生。
燕子飛來窺畫棟，玉鉤垂下簾旌。涼波不動簟紋平。
水精雙枕，傍有墮釵橫。

——歐陽修〈臨江仙〉

柳林外傳來輕輕的雷鳴聲，池塘上傳來濛濛的細雨聲；雨聲淅淅瀝瀝，在荷葉上跳動著，發出細碎的聲音。不久小雨停了，小樓的西方，有條被遮斷的彩虹高掛著。我們靠倚欄杆旁，默默欣賞著，直等到月亮東升。

燕子從遠方飛來停在畫樑上，好像在偷窺；輕輕從玉鉤上放下門簾。床上竹席平平地鋪展開來，好像清涼的水波，沒有任何波紋。床頭放著水晶雙枕，她的金釵從頭髮上輕墜，就橫放在枕邊。

不小心弄丟寶貴的東西，常叫人心痛不捨。但只要唱首歌，就有人代為賠償，哪有這麼好的事？

歐陽修在洛陽時，是樞密使（宋代掌軍政的最高長官）錢惟演手下的推官，負責訴訟案件，和一位歌妓很親近。有一天，錢惟演在後花園宴客，很多知名文士都到齊了，只有歐陽修和這個歌妓不見人影。

等了很久，才看到兩人一前一後姍姍來遲。在座的人面面相覷，因為宋朝嚴禁官員與官妓廝混，官妓只能出現在宴席及公開場合。

錢惟演不得不板起臉來，責備歌妓說：「為什麼這麼遲才來？」歌妓回答：「因為天氣太熱了，我在涼堂午睡，醒來卻發現金釵不見了，所以一直找，找到現在還沒找到。」

錢惟演故意為難那名歌妓，說：「你們既然遲到了，就得受罰。歐陽推官文采好，如果妳能得到一首他新填的詞，我不僅不罰妳，還送妳一支金釵。」歌妓默默望著歐陽修。歐陽修看見她無助的眼神，心生愛憐，毫不掩飾他的愛慕，當即吟出這首〈臨江仙〉。

〈臨江仙〉這首歌最早是歌詠水仙的。[1] 因為它的音律和諧優美，很多人都喜愛用這調子，填入抒情的詞。歐陽修在詞中曖昧地寫著：「在我們睡覺的水晶雙人枕頭旁，就橫放著妳掉下的金釵。」實在不打自招，引人遐思。

當年輕又有才華的歐陽修寫下這首情歌，在愛情的催化下，婀娜多姿的歌妓輕啟朱唇，歌聲婉轉流洩，在座的人彷彿也被愛情滋潤著，陶醉其中，紛紛拍手叫好。

最後錢惟演命令歌妓斟滿酒，獎賞歐陽修，然後用公款為她買了一支新的金釵，並告誡歐陽修以後行為要收斂些。

錢惟演其實是個獎掖人才、提攜後進的人。他常常公開支持歐陽修等年輕文人吃喝玩樂。有一次，歐陽修和同事到嵩山遊玩，傍晚下起雪。錢惟演竟然派人騎馬趕來，還帶來好手藝的廚子和歌妓，並傳話說：「官府沒什麼事，你們不用急著回來，盡情在嵩山賞雪吧。」[2]

因此，歐陽修一直感念錢惟演的厚待，對他也很敬重，說錢惟演「雖出生富貴之家，卻很節省，無論官階、功績、人品都是第一」[3]。

歐陽修這首詞大膽又露骨。按照錢惟演平常對歐陽修的縱容與寵愛，根本就是把朝廷嚴禁官妓與官員廝混的規定當耳邊風，還默許兩人私下偷情。因此引來繼任洛陽樞密使、老古板的王曙嚴厲的訓誡與批評，認為歐陽修等人飲酒遊樂沒有節制。[4]

歐陽修的行為後來是否有收斂一些呢？看來沒有。他依舊與歌妓們糾纏不清，繼續寫他的豔詞。幾年後，他的詞已經傳遍全國，就連偏遠的河北也不例外。北宋首都是汴京（今開封），而歐陽修當推官時的洛陽，就在汴京的西邊，稱為西京，是開封之外的政治重心所在。歐陽修四十九歲時出使遼國，依據陳師道《後山談叢》記載：

歐陽修出使遼回國後，路經賈文元守衛的河北，賈文元請來官妓歌唱娛樂，並再三交代好好伺候歐陽修。宴會中，官妓捧酒杯祝壽，歐陽修一邊暢飲，一邊聽歌妓唱詞，非常開心。賈文元很奇怪歌妓為何有這樣的本事，後來才知道歌妓所唱的歌，全是歐陽修的詞，因此讓歐陽修眉開眼笑。[5]

我們很難想像，被蘇軾稱讚為「著禮樂仁義之實，以合於大道」[6]的一代儒宗歐陽修，生活的另一面是這麼風流多情，而且寫過許多豔詞。

雖然有許多歐迷跳出來說，凡是夾雜在歐陽修集中的豔詞，都是小人或是仇家動的手腳。[7]但其實歐陽修會寫豔詞，我們不用太驚訝。主要原因有三：

第一個，宋代士大夫的薪資非常優渥[8]，不愁吃穿，加上宋太祖解除將領的兵權後，鼓勵他們每天喝酒作樂[9]，因此官員都有養歌妓的經濟能力和紀錄，歐陽修就養有八、九個歌妓。[10]

再者，詞本身的定位就是豔科，供歌唱。內容要婉約柔媚，最早的詞集《花間集》內容就是豔情、閨怨、離情。歐陽修用詩文寫抱負和理想，用豔詞來宣洩情感，又可供歌妓唱，表達纏綿悱惻之情。

最後一個原因是，歐陽修四歲喪父，孤苦無依，投奔叔叔。十七歲時參加科考落榜，直到二十四歲才通過國子監考試。二十五歲娶恩師胥偃之女為妻，妻子卻在生下兒子不滿一個月就過世，死時年僅十七歲。兒子也在五歲時夭折。第二任妻子同樣在結婚八個月後病死。

這樣的成長過程讓他從小身體瘦弱、內心敏感。兩任妻子與兒子皆早逝，死亡的陰影與恐懼，也使得歐陽修「執著地用感官享受來衝破死亡的威脅」，在詞中「書寫男女豔情、女性生活與身體，以及宴飲賞景等，它們都洋溢著追求快樂的情緒」[11]。這些發洩肉體快樂的豔體詞，背後隱藏著他壓抑的熱情、深層的孤獨與恐懼，用玩樂來抗拒死亡的威脅。

但話說回來，歐陽修也在錢惟演領導的文人聚會裡，認識了當時的古文先導尹洙、寫實主義詩人梅聖俞，醞釀日後宋朝古文運動的契機。

有一次，錢惟演家要興建新樓房，命歐陽修和尹洙寫文章記錄。歐陽修寫了一千多字。尹洙的古文修養極高，只寫了五百字。歐陽修很佩服，請教尹洙，經過他指點後重寫，內容、用字更加精粹，僅僅三百六十餘字就完成。尹洙大為驚嘆，逢人便誇歐陽修的文章進步快速。歐陽修從此拋棄當時通行華而不實的文體，日後文名更超越尹洙之上，被明末茅坤選為唐宋八大家之一。

歐陽修寫的散文內容充實，文氣充沛，平易自然。他外放到安徽滁縣當太守，寫〈醉翁亭記〉的時候，起初描寫滁州四面的山：「環滁四面皆山，東有烏龍山，西有大豐山，南有花山，北有白米山」等一大串文字。經過一番斟酌，全部刪除。只寫「環滁皆山也」五個字，便極其精準地概括了滁州四面環山的特點。

但他也不是一律減少用字，有時反而考慮文章的節奏與音樂性，刻意加字。他為宰相韓琦在故鄉相州修建的晝錦堂所寫的〈晝錦堂記〉，原本寫：「仕宦至將相，富貴歸故鄉。」送出後，他立刻派人快馬追回，聲明前稿有瑕疵。韓琦再三核對，發現他在文章開頭「仕宦」、「富貴」後面，各添了一個「而」字，變成「仕宦而至將相，富貴而歸故鄉」。[12]讀起來語氣由急促變為舒緩，音節和諧，增添抑揚頓挫的音樂美。

歐陽修經歷仕途的貶謫，在歲月的琢磨中愈來愈成熟。[13]他年輕時雖然喜愛吃喝玩樂，寫了許多豔詞宣洩情感，但寫詩文的態度一向嚴肅認真。當時的文風浮華淫巧、險怪奇澀，歐陽修則大力主張「文以明道」，用通達平易的古文來闡明真道。他很想改變風氣，就在主持錄取官吏的全國性考試時，勇敢地改革北宋詩文，成為開創宋代古文運動的文壇領袖。

歐陽修是提攜蘇軾的恩師，蘇軾一生感念他，稱許歐陽修在仁宗、英宗、神宗三朝當官，他改革古文，雋永的文章成為百代學子的老師。[14]但蘇軾恐怕生得太晚，沒看見恩師歐陽修年輕時，也是個寫得一手豔詞，以詞免去責罰又得金釵的多情種子呢。

注釋

1 參考黃昇：《花庵詞選》，卷一：「唐詞多緣題所賦，〈臨江仙〉之言水仙，亦其一也。」

2 參考邵博：《邵氏聞見錄》，卷十九。

3 歐陽修：《歸田錄》，卷二。歐陽修說錢惟演是「生長富貴，而性儉約，閨門用度，為法甚謹」、「官兼將相，階、勛、品皆第一」。

4 參考畢沅：《續資治通鑑》，卷三十九。「錢惟演留守西京，修及尹洙為官屬，皆有時名，惟演待之甚厚。修等遊飲無節，惟演去，曙繼至，數加戒敕，常厲色謂修等曰：『諸君知寇萊公晚年之禍乎？正以縱酒過度耳。』眾客皆唯唯，修獨起對曰：『寇公之禍，以老不知止耳。』曙默然，終不怒。」

5 參考陳師道：《後山叢談》，卷三。「文元賈公居守北都。歐陽永叔使北還，公預戒官妓，辦詞以勸酒。妓唯唯。復使都廳召而喻之，妓亦唯唯。公怪嘆，以為山野。既燕，妓奉觴歌以為壽，永叔把盞側聽。每為引滿。公復怪之，召問所，歌皆其詞也。」

6 參考蘇軾：〈六一居士集敘〉，《蘇軾文集》，卷十。

7 參考曾慥：《樂府雅詞．序》。「乃小人或作豔曲，謬為公詞。」又有王灼：《碧雞漫志》，卷二，「歐陽永叔所集歌詞，自作者三之一耳。其間他人數章，羣小因指為永叔，起曖昧之謗。」

8 參考趙翼：《廿二史札記》，卷二五。

9 參考李燾編撰：《續資治通鑑長編》，卷二。

10 參考葛立方：《韻語陽秋》，卷十五。梅堯臣：《宛陵集．次韻和酬永叔》，卷十九。

11 參考李靜：〈歐陽修豔詞寫作動機新解〉，見《詞學》，二七輯。

12 參考潘永因編：《宋稗類鈔》，卷五。

13 歐陽修：《歐陽修全集．答孫正之第二書》，卷六九。「僕知道晚，三十年前，尚好文華，嗜酒歌呼，知以為樂，而不知其非也。及後少識聖人之道，而悔其往咎，則已布出而不可追矣。」

14 蘇軾稱歐陽修「事業三朝之望，文章百代之師」。出自《蘇軾文集．賀歐陽少師致仕啟》，卷四七。

老婆大人怒氣消，模範家庭看這裡

步帳搖紅綺。曉月墮，沉煙砌。緩板香檀，唱徹伊家新製。
怨入眉頭，斂黛峯橫翠。芭蕉寒，雨聲碎。
鏡華翳。閒照孤鸞戲。思量去時容易。鈿盒瑤釵，至今冷落輕棄。
望極藍橋，但暮雲千里。幾重山，幾重水。

——張先〈碧牡丹・晏同叔出姬〉

明月西沉，房間內香煙裊裊，你家的侍兒走出紅色的帷幕，手拿起檀板，輕緩地唱遍你寫的每首新詞。她的眉頭深鎖，心中帶著怨，窗外寒冷，連滴在芭蕉上的雨聲都細細碎碎。

現在尊夫人將她趕出門去，連她化妝的鏡子都被冷落。她孤零零一個人，顧影自哀。你打發人家走是多麼簡單容易呢。甚至連她的化妝盒和釵鈿都被拋棄。現在她已經走遠了，再也難尋。眼睛所看到的只是藍橋遠處，以及千里沉靄的暮雲。試問你和那位侍兒，現在又隔了幾重山，又隔了幾重水呢？

宋代社會一夫多妻妾，爭寵是常有的事。汴京城有兩位負責管理漕運的官員，一個是呂擢，一個是呂正己。呂正己的妻子呂婁以凶悍出名，連皇帝都知道。呂擢家的歌姬很多，有一天約呂正己通宵暢飲。呂婁很生氣，爬過牆破口大罵。呂擢的兒子聽得煩，用彈弓彈碎了她的花冠。這件事驚動了孝宗，結果兩個人都丟了官。[1]

宋代雖然男尊女卑，但很多士大夫還是很怕老婆。宋真宗時的宰相王欽若，因為長得矮小，頸上又有疣，當時的人都稱他為癭相。[2]他雖位極人臣，卻很怕老婆。他妻子性格剽悍又愛吃醋，常常對王欽若拳打腳踢。別說娶小老婆，連家裡的傭人都不敢用女的，懼內的名聲滿朝皆知。

如果家中養的妾兒太伶俐，討人憐愛，也常讓老婆有壓力，惹得老婆不開心，同樣很危險。

這首〈碧牡丹〉的詞和曲，都是張先創作的。張先和柳永一樣精通音律，他會自己創作曲子，詞集也按照宮調編排，「以歌詞聞於天下」，當時只有柳永有本事與他較量。

張先在晏殊擔任禮部主考官時，和歐陽修同榜考中，和晏殊是師生的關係，但其實張先年長晏殊一歲。晏殊當西安太守時，特別聘請張先為通判（即副首長）。晏殊的詞集《珠玉集》，書序也是張先寫的[3]，是宋人詞集最早的一篇序文。每次晏殊舉辦宴會時，常常也是唱張先寫的詞。

張先為什麼會創作〈碧牡丹〉這首歌呢？

原來，晏殊家裡新來一位容貌出眾、能歌善舞的侍兒，很受晏殊寵愛。晏殊每寫一首新詞，總讓這位侍兒先唱上幾遍，等張先來了再唱給他聽，因此給張先留下美好的印象。[4]

後來這位侍兒得罪了晏殊的妻子王夫人，被王夫人趕出家門，此事對晏殊來說稀鬆平常，反正官高位尊，再尋一位漂亮又能歌善舞的侍兒還不容易？

但是，與此事沒有直接關係的張先，態度卻完全不同。張先到晏殊家飲酒，不見侍兒出來唱歌，一問之下知道事情的經過，他當場就創作這首〈碧牡丹〉詞，令歌妓唱了幾遍，歌詞打同情牌，描寫侍兒被趕出去後孤零零一個人，顧影自憐，並要晏殊不用怕老婆，勇敢珍惜自己所愛的。甚至還開晏殊的玩笑說：「你打發歌妓走是很簡單，但是以後誰來唱歌呢。」

聽了張先的歌，喚起晏殊對侍兒的情思與回憶，晏殊感動得流下了眼淚。他自省自己實在不應該太怕老婆，輕易就把侍兒打發走，馬上派人去贖回。

侍兒果真回來了，在酒宴上，晏殊說：「妳能回來，可多虧了這位張通判，還好他寫下這樣一首感人的詞，妳看看，就唱唱它吧。」侍兒拿起了拍板，含著眼淚，唱起這首〈碧牡丹〉。

王夫人聽了這首詞，想到丈夫這麼喜歡她，連張先都寫詞調侃了，再也不敢責怪侍兒，吃她的醋了。

張先原本就是個風流種，他曾經與小尼姑私下幽會，臨別時寫了〈一叢花〉詞來抒發自己的情懷「無物似情濃」。[5]張先認為世間萬物沒有什麼比愛情還要濃郁，兩人相愛就是要在一起。連無法相愛的小尼姑他都珍惜，世上沒什麼惡勢力可以拆散相愛的兩人。

張先是一位情詞高手。他有名的三首詞裡都有「中」字，因此別人稱他為「張三中」；但他自認另外三首含有「影」字的詞更好，喜歡人家叫他「張三影」。[6]

張先有一顆年輕熱情的心，八十歲還娶了一個只有十八歲的妾。有次在家宴上，張先春風得意寫下一首詩：「我年八十卿十八，卿是紅顏我白髮。與卿顛倒本同庚，只隔中間一花甲。」愛開玩笑的蘇軾也即興附和一首：「十八新娘八十郎，蒼蒼白髮對紅妝。鴛鴦被裡成雙夜，一樹梨花壓海棠。」詩中以梨花顏色是白的，比喻白頭老翁張先；海棠紅豔，形容嬌豔欲滴的美妾，戲謔他老夫配少妻。

張先因詞太紅，而得到兩個雅號，「雲破月來花弄影」郎中（即司長）以及「桃杏嫁東風」郎中。

宋祁當上工部尚書（今內政部長）時，特地拜訪張先，並派人先行通報：「尚書想見雲破月來花弄影郎中。」[7]後來張先曾任職的浙江嘉興官署，還特地在他寫「雲破月來花弄影」的地方，修築了一座「花月亭」。[8]

另一個雅號「桃杏嫁東風郎中」是歐陽修送他的。因為張先曾寫〈一叢花〉詞，其中有句「傷高懷遠幾時窮？無物似情濃」、「沉恨細思，不如桃杏，猶解嫁東風」，意思是說，與其沒完沒了苦苦思念著遠方的心上人，還不如桃花、杏花，它們還能嫁給東風，隨風飄去。

這首詞非常流行，連歐陽修都很欣賞，有次張先因事拜見歐陽修，歐陽修原本不認識他，一聽說張先來了，忙迎上去說：「原來是桃杏嫁東風郎中來了，真是相見恨晚呀。」[9]

張先存詞一百七十多首，詞集就叫《張子野詞》。他活到八十九歲，是個長壽的詞人。他在詞壇上最大的貢獻，是使詞的形體從簡單的、篇幅較短，有如酒令的小令，逐步發展到節奏緩慢、字數較多、較難寫的長調。如此一來，詞中可以盡情描寫都市生活，以及男女戀愛的心理刻畫。

詞原先都是男性文人寫給歌妓唱的，所以歌詞得假託女性的身分、口吻，詞中第一人稱都是女性，因此被稱為「男子作閨音」，但是到了張先，以男性生活為題材的作品逐漸增多，擴展了詞的寫作範圍。如他的〈蘇幕遮〉：「莫訝安仁頭白早。天若有情，天也終須老。」就是以第一人稱男性的口吻，訴說與歌樓美人的分別使自己飽經風霜，連晉朝第一帥哥潘岳的頭髮都白了，老天如果有情，看到人們常常離別，一定也會衰老的。後來的柳永就在張先的基礎上，也用第一人稱男性的口吻來寫相思別情，或用長調來寫浪遊他鄉的離愁。

注釋——

1 參考張端義：《貴耳集》，卷下。
2 參考脫脫撰：《宋史．王欽若傳》，卷二八三。
3 參考黃昇：《唐宋諸賢絕妙詞選》，卷三。
4 參考不著撰人：《道山清話》：「晏文獻公為京兆，辟張先為通判，新納侍兒公甚屬意。先字子野能為詩詞公雅重之。每張來即令侍兒出侑觴，往往歌子野所為之詞。其後王夫人浸不容，公即出之。一日子野至，公與之飲。子野作〈碧牡丹〉詞令營妓歌之，有云：『望極藍橋，但暮雲千里，幾重山，幾重水』之句。公聞之憮然曰：『人生行樂耳，何自苦如此』，亟命於宅庫支錢若干，復取前所出侍兒。既來，夫人亦不復誰何也。」

5 參考楊湜：《古今詞話》，見《詞話叢編》，冊一。

6 參考《古今詩話》：人皆謂公張三中，即心中事、眼中淚、意中人也。子野曰：「何不目之為張三影？」客不曉。公曰：「雲破月來花弄影、嬌柔懶起，簾幕捲花影、柳徑無人，墜輕絮無影，此余生平所得意也。」

7 參考胡仔：《苕溪漁隱叢話》前集，卷三七。

8 參考柳琰纂修：《嘉興府志》，卷三。

9 參考范公偁：《過庭錄》。

老臣回春，從甘肅唱回朝廷

霜天清曉。望紫塞古壘，寒雲衰草。
汗馬嘶風，邊鴻翻月，壠上鐵衣寒早。
劍歌騎曲悲壯，盡道君恩難報。
塞垣樂，盡雙韃錦帶，山西年少。
談笑。刁斗靜。烽火一把，常送平安耗。
聖主憂邊，威靈遐布，驕虜且寬天討。
歲華向晚愁思，誰念玉關人老。
太平也，且歡娛，不惜金尊頻倒。

——蔡挺〈喜遷鶯〉

在秋天的清晨，我步出帳外，曉色中隱約看見邊塞古壘和寒雲下的枯草隨風搖曳。戰馬在北風中嘶鳴，邊域的鴻雁在月色下翻飛，更添悲壯。戍守邊疆的士卒穿著戰衣，感受早秋的冰寒。他們騎著馬、唱著悲壯的軍歌，也唱出君恩的浩大。這些山西少年配戴著裝甲冑、弓袋等裝備，深刻感覺到從軍守邊的快樂。

談笑之間，天色漸亮，軍隊雖佩掛行軍的裝備，但都安安靜靜。點燃的烽火，常傳遞平安的信息。從容間就能破敵立功。聖君雖擔憂邊關守備，但君威遠播遙遠的邊地，國君並非採用戰爭攻打來鎮壓驕寇，而是以懷柔的政策，用仁義去感化他們，使他們臣服。而自己一年又一年駐守邊關，又有誰想念我這長期戍守玉關的武將已經年老呢？只能自我安慰現今是太平盛世，暫且盡情享受歡愉，醉倒在金樽旁。

同樣唱了一首歌，有的人被笑「窮塞主」，有的人變成皇帝身邊紅人。人比人真是氣死人。

范仲淹守衛邊疆好幾年，軍紀嚴明，羌族不敢來侵犯。當時的歌謠唱道：「軍中有一范，西賊聞之驚破膽。」他的〈漁家傲．秋思〉詞，反映防守邊塞的艱苦，以及士兵思鄉等複雜矛盾的心情，卻被歐陽修嘲笑為「窮塞主」。[1]

另一位防守甘肅平涼的老將，本來被朝廷忘了，沒想到他高歌一曲後，贏得皇帝歡心按讚，竟然就唱回了朝廷當官。能唱出一首好歌，真是太重要了。

蔡挺是個英勇的武將。他當甘肅太守時，屢屢抗拒西夏侵犯邊境。有一回，西夏又來犯，蔡挺下令人員全部進入城堡，不得出兵應戰，並在城堡四周護城壕布滿了鐵蒺藜，西夏軍兵多被鐵蒺藜所傷。西夏圍攻大順城三天後，仍然一無所獲，蔡挺派八百名弓箭手埋伏在城外，西夏首領李諒祚中箭，只好撤離大順城，解除大順危機。日後西夏又來侵犯，陝西地區的軍隊無力抵抗，蔡挺派遣張玉率領萬餘兵力前往救援，順利解危之餘，也平定了甘肅軍隊的兵變。[2]

宋神宗即位後，派蔡挺到平涼當太守。他的地方治績是開闢柳湖，種植好幾千株柳樹，夏天很多人在這裡避暑。[3]他治軍同樣有方，每次甲兵練習時，都當作西夏來攻打時那麼認真，因此屢屢打敗西夏。這麼賣命保家衛國，朝廷卻好像視若無睹，任憑他拚老命，很輕易地把他遺忘了。

決定自力救濟的蔡挺在初冬夜晚，在官舍裡擺下酒席，神情激昂地高唱這首〈喜遷鶯〉。

詞的上片寫出了士卒不以防守邊疆為苦，而是以能夠報國忠君為樂，彰顯他們高昂的鬥志。下片則寫軍隊防衛的嚴密。

詞中為何特指「山西年少」？這是用了《漢書．趙充國傳》裡「秦漢以來，山東出相，山西出將」的成語。因為山西在華山或太行山以西，靠近當時邊疆少數民族，民風剽悍尚武，熟悉戰事。詞中一方面流露太平時期邊境平靜，長久戍守在窮荒邊塞，守將無法發揮能力建功立業，只能喝酒排遣感傷情緒的景況，另一方面又生出年歲已高卻無法回家、年華空逝的嘆息。

蔡挺寫完這首〈喜遷鶯〉後，閒步後花園，拿給兒子蔡朦看。蔡朦看完後放入衣袖裡，走著走著不小心就掉在路旁。事情真是巧，剛好被老門房撿到。老門房不認識字，交給辦文書的小吏查看，剛好郡裡的歌妓花魁與小吏有交情，小吏就順手交給她。

碰巧，朝廷派了太監替神宗巡視各地，慰勞士兵。蔡挺特別開宴席為太監洗塵，歌舞表演時，拿到那首詞的花魁，就在酒席上高唱這首歌。蔡挺聽到自己遺失的歌竟然在這種情況下被唱出來，非常生氣，打算把這些人全送進監牢。全體歌妓都哀求朝廷來的太監幫忙讓蔡挺息怒。太監幫著求情，蔡挺只好叫花魁繼續唱。

太監巡視完畢後，把歌的原稿帶回了朝廷，宮女們只看到詞中「太平也」三個字，覺得必是好歌，於是爭相傳唱。歌聲響遍後宮，連神宗都聽到了，問這首歌怎麼來？才知是老臣蔡挺所作。

宋神宗想到老臣的辛苦與忠心，馬上寫信給蔡挺：「玉關人老，朕甚念之。樞管有闕，留以待汝。」意思是當國君的我，心裡很掛念你戍守邊關的苦勞，朝廷正有缺，已經幫你留好位置，等候著你歸來。

信馬上送到蔡挺手裡，沒多久就派他為樞密副使。神宗的親筆信還被珍藏在蔡挺孫子蔡稹的家中。[4]

不過也有人說，這是蔡挺早設計好的。[5]說他把自己的心意寫入詞裡，趁神宗派使者來到平涼時，安排歌妓唱出來，以便向神宗傳達心意。

以上兩種說法，一個說蔡挺不小心丟了歌詞，被小吏撿走，交給花魁，才無意中唱出邊塞生活的艱辛。另一個卻說蔡挺城府深，是會耍心機的人，還說當初他在富弼、范仲淹門下當幕僚時，曾多次將他們的祕密洩露給宰相呂夷簡。可以想見是他蓄意安排，請歌妓唱出自己的鬱悶與期望。

不管如何，唱了這首歌，歌詞中有「太平也」，一面拍皇帝馬屁，說皇帝治理天下成為太平盛世，使得龍心大悅。一面又說「玉關人老」，說自己一個忠心耿耿的老將，即將老死邊疆，果然激起了神宗的關愛與同情，下令讓蔡挺回到朝廷，而且還升了官。歌寫得好，前途果然燦爛。

注釋——

1 沈雄：《古今詞話》，卷上。見《詞話叢編》，冊一。

2 參考脫脫：《宋史・蔡挺傳》，卷二八四。

3 趙時春編修：《平涼府志》，頁七三九。「植柳數千株，綠陰成林，湖光可掬，夏日人多避暑於此，旁有柳亭。」

4 參考王明清：《揮麈餘話》，卷一。

5 參考脫脫：《宋史・蔡挺傳》，卷二八四。

破天荒頭一遭！愛妾奉命陪出差

鎖離愁，連綿無際，來時陌上初熏。
繡幃人念遠，暗垂珠淚，泣送征輪。
長亭長在眼，更重重、遠水孤雲。
但望極樓高，盡日目斷王孫。

消魂。池塘別後，曾行處、綠妒輕裙。
恁時攜素手，亂花飛絮裏，緩步香裀。
朱顏空自改，向年年、芳意長新。
遍綠野，嬉遊醉眠，莫負青春。

——韓縝〈鳳簫吟〉

記得剛來時，阡陌上芳草連綿無際，散發出淡淡的熏香，可是好景不長，此刻我倆面臨著分離。佳人暗自垂淚，低泣著送別要出征的我。我獨自啟程，走過一個又一個長亭，路程渺遠，而芳草愈走愈多，遠望不絕的流水和孤雲彷彿相連，出征的遠人真是孤苦、寂寞。家中的佳人只能獨自站在高樓上，極目遠望，僅看到漫無邊際的春草，卻看不到遠行的愛人。

自古以來，離別都是最叫人傷魂的。記得當初曾與佳人一起悠遊池畔，連春草都嫉妒佳人的綠裙與佳容。那時我牽著她纖細的素手，緩緩地漫步在長滿香草的路上，只見恣意綻放的春花和飛舞的柳絮，回想以前的美好，就更感到今日的悲淒。年年過去，花草吐出嫩芽，芳意更新，佳人卻逐漸衰老，物是人非的傷感湧上心頭，在這綠意蔓延的好春裡，自應當嬉戲遊玩、悠然醉眠，而不是愁苦不堪，辜負青春。

宋代朝廷派遣出使人選時，因為要代表國家謀取最大的利益，因此常得多方考量，除了家庭背景、身體健康、個人性格、才能、言行舉止，以及官職是否恰當之外，也會考慮是否擔任過接待使節，以此判斷適任程度。

宋仁宗原本要派宰相陳執中出使遼國，因諫官上奏他為了寵愛的妾張氏，鞭笞婢女致死。宋仁宗不認同這件事，最後改派歐陽修出使。

然而，韓縝只唱了一首歌，就博取皇帝的特別恩寵，還破天荒同意他攜帶小妾出使西夏，也就是這首被選入《宋詞三百首》裡的〈鳳簫吟〉。果真，什麼時候唱什麼歌很重要。

神宗初年，西夏派人來協議勘劃河東地界，此時擔任知樞密院事（即中央軍事部門負責人）的韓縝負責談判和勘察，要與西夏特使一起去會勘邊界。臨行前，韓縝與愛妾劉氏喝酒話別，劇飲通宵，兩人依依不捨，劉氏作了一首〈蝶戀花〉送行：

香作風光濃著露，正恁雙棲，遣分飛去。
密訴東君應不許，淚波一灑奴衷素。[1]

愛妾在這首歌裡哀怨春光明媚，露水含著草香，兩人卻要分離，從此不知打扮為誰，將不再梳洗妝扮。韓縝因此寫了〈鳳簫吟〉回應小妾，說春天應該淺醉閒眠，或攜手踏春，如今竟然要離別，真不該辜負青春。詞中的「王孫」，妙用了《楚辭》的「王孫游兮不歸，芳草生兮萋萋」詩句。整首詞借春草抒發別情，寫佳人送別的難堪與悽苦。

這首詞一寫好，第二天馬上傳入宋神宗耳中，速度之快實在驚人。仁慈的神宗體會臣子遠赴邊疆談判的焦慮，馬上派兵將劉氏追送到正前往邊塞的韓縝身邊，如此體貼不知羨煞多少人。

韓縝一開始也搞不清為什麼上天掉下這麼好的禮物？過了許久才知道，原來自己寫的歌發揮了驚人效力。神宗擔心他在邊塞孤單，無法全力為國爭取福利，因此送妾來伺候他——寫《石林詩話》的葉夢得這麼解釋道。葉夢得還認為，「大概是因為皇上以恩澤對待臣子，雖是臣子的家庭私事，但這番體恤，讓中外士大夫都想為國盡心盡力。」[2]

韓縝的同事兼姻親劉貢父知道此事後，覺得太荒唐、太離譜，一首歌就有這種前古未有的恩澤，簡直不可思議，馬上寫了一首絕句諷刺：

驃姚不復顧家為，誰謂東山久不歸？卷耳幸容攜婉孌，皇華何啻有光輝。

劉貢父以漢代「驃姚校尉」霍去病的名言「匈奴未滅，何以家為？」為例，指霍一生為驅逐匈奴，奮戰邊塞，無心治理自己的家，韓縝一個要出使談判的人，卻眷戀私情而忘記國事的重要性。劉貢父並借用《詩經．東山》「我徂東山，慆慆不歸」的典故，寫出征三年才歸，雖然一路辛苦，但誰說東征會永久不歸？而《詩經．卷耳》篇本寫妻子懷念遠方征夫，《詩經．皇華》篇則是稱頌使臣，在這裡都是諷刺神宗的恩寵過於荒謬。

韓縝這首詞「盛傳於天下」，得到皇帝的恩寵，當然名揚天下。我們很難想像一個要去談判、討論劃分兩國地界的人，如此嚴肅、重要的事，為何出使前一夜，不是戒慎恐懼努力研讀資料，分析敵情並模擬推演，而是與小妾徹夜喝酒。昏聵的皇帝甚至恩准他帶妾去逍遙，談判失敗、喪權辱國是意料中的事。

讀韓縝這首詞會覺得他好像很浪漫多情、溫柔貼心，其實韓縝是個性情暴虐、殘忍、寡恩少情的人。

他當秦州（今甘肅）太守時，曾經宴客夜歸，他叫部屬傅勍喝酒，傅勍喝醉後糊里糊塗跟著進了官邸，剛好與韓縝的侍妾擦身而過。韓縝知道後很生氣，不顧念部屬之情，何況是自己強逼人喝酒，毫不留情地用鐵裹杖錘死了傅勍，血濺滿地。傅勍的妻子拿著丈夫的血衣，擊鼓申冤哭訴，韓縝因此被降職。秦州人相傳：「寧逢乳虎，莫逢玉汝。」意指寧可遇到小老虎，也不願遇到殘忍的韓縝（字玉汝）。

韓縝也是個貪享美食的人，每次宴客都要吃驢腸，但是驢腸不好煮，太爛或太硬都不好吃。只要驢腸料理得不合意，韓縝就找廚師興師問罪，廚師怕被打，想出殘忍的一招，先把活驢綁在柱子上，等客人們喝酒傳酒杯時，用刀快速刺開活驢的肚子，取出驢腸，趁熱洗淨做菜，這樣才脆美。為了消除罪孽，廚師們還會燒紙錢祭驢贖罪。[3]

韓縝的貪吃與他的文學素養好像連不起來。他在《全宋詞》中只留下這一首〈鳳簫吟〉，詞中表達要去和遼國討論劃分地界，路遠又責任重大，心中不免有壓力，又要與所愛的小妾分別，「繡幃人念遠，暗垂珠淚，泣送征輪」，小妾流著淚相送，一直等他歸來，真是辜負青春，也讓他的心更加難過。神宗本來就是仁慈的國君，他不希望這麼重要的談判大事，過程中有任何閃失。讀完詞，體貼韓縝一路孤單，擔心萬一他因為想念閨中人而分心，國家一定吃大虧，乾脆就送妾隨行照料吧。

詞填得好，獎賞比中樂透還意外。

注釋

1 參考清沈雄：《古今詞話》，卷上，見《詞話叢編》，冊一。

2 參考葉夢得：《石林詩話》，卷上。「蓋上以恩澤待下，雖閨門之私，亦恤之如此，故中外士大夫無不樂盡其力。」

3 參考洪邁：《夷堅志》，丁卷一。

改編歌曲秀實力，揚眉吐氣受重用

萬縷青青，初眠官柳，向人猶未成陰。
擄雕鞍馬上，擁鼻微吟。
遠宦情懷誰問，空嗟壯志銷沉。
正好花時節，山城留滯、忍負歸心。
別離萬里，飄蓬無定，誰念會合難憑。
相聚裏，休辭金盞，酒淺還深。
欲把春愁抖擻，春愁轉更難禁。
亂山高處，憑闌垂袖，聊寄登臨。

——張才翁〈雨中花〉

初春時節，楊柳青青，還未成蔭。我坐在馬上，低聲吟詠，我這異鄉遊子在遠處當官，心中的感懷無人關心。徒然感嘆壯志，一天天消磨下去。在這美好的花開時節，逗留在山城，又怎能忍心辜負想回家的心。

想到人生的別離，真叫人長恨，好像蓬草被風吹動，飄零不定，誰會想到人生的聚散根本毫無定數。所以當我們相聚時，就盡情喝酒，不用推卻，酒還要愈斟愈滿，喝個暢快。想抖掉春愁，振奮精神，但是春愁反而更多，更難消除，我只好站在亂山高處，靠著欄杆，垂下衣袖，寄託登臨的心。

千里馬都期望能遇到伯樂，被賞識、被重用，偏偏伯樂不常有。《戰國策》有這樣一個故事：千里馬氣喘吁吁爬著坡，用力拉著鹽車，伯樂心疼牠，脫下自己的麻衣蓋在馬身上安撫牠。千里馬感到被安慰、受重視，很開心，便發出金石般的嘶鳴聲。

後來李白〈天馬歌〉說：「鹽車上峻阪，倒行逆施長日晚。」寫社會上很多人不識人才，因此無法適才適用，就像讓天馬拖著鹽車爬陡坡，白白遭遇痛苦。到韓愈〈馬說〉，除了表達懷才不遇的憤慨，更藉機闡述在上位者是否有眼光，才是決定人才能否為世所用的關鍵。

每個時代都有人發出人才不被重用的悲嘆。宋代的張才翁曾經在四川當掌管刑獄的官。他沒什麼知名度，甚至沒人知道他的生卒年或其他事蹟。但是他自認為有才學、有風韻，擅長寫詞賦。然而他不修邊幅，舉止又放縱，因此上司看不上他，更別說賞識了。張才翁為此常悶悶不樂，卻又無計可施。

張才翁的上司張公庠是個極自負的人。他年紀很小就會寫詩，又早早考中進士，瞧得起的都是人生勝利組。他寫過〈道中〉這首詩，半描半諷落榜士子神情恍惚，無精打采的神情：

一年春事已成空，擁鼻微吟半醉中。夾路桃花新雨過，馬蹄無處避殘紅。

「擁鼻微吟」是指東晉謝安的鼻子有毛病，所以說起話來聲音低濁。當時士大夫仰慕謝安的才學，都用手掩住鼻子，學他的吟詠聲調，稱為「擁鼻吟」。第三、四句則是反用孟郊四十六歲登上進士榜時，所作〈登科後〉詩：「春風得意馬蹄疾，一日看盡長安花。」諷刺那些科考士子們，學謝安吟詠了半天卻落榜，期待落空，窮忙一場。人家孟郊中進士後，春風得意，騎著馬輕快地賞花，落榜士子卻像被雨打過的桃花，是連馬蹄都無法躲避、四處掉落的殘紅。

剛好在正月七日這天，郡守張公庠要帶一些下屬和歌妓們，一起到成都城西邊約三公里處的白鶴山郊遊。白鶴山因為漢朝的胡安在此隱居得道，跨白鶴飛升而得名，是有名的佛教和遊覽勝地，景致優美。偏偏他就是不讓張才翁參加。

張才翁心裡不滿，決定絞盡腦汁想個高招，叫上司張公庠看重他。他找了一位熟識的官妓楊皎來幫忙，他對楊皎說：「老頭兒到白鶴山看風景後，內心一定會激動不已，忍不住寫些詩來抒發情感，妳拿到詩一定要火速寄給我。」

果真，張公庠來到白鶴山，登上信美亭，看到層巒疊嶂，蒼翠俊秀，心有所感，寫下〈晚春途中〉詩：

初眠官柳未成陰，馬上聊為擁鼻吟。遠宦情懷消壯志，好花時節負歸心。
別離長恨人南北，會合休辭酒淺深。欲把春愁閒抖擻，亂山高處一登臨。

楊皎趕快把詩抄下來寄給張才翁。張才翁一拿到詩，立馬把詩檃括為〈雨中花〉一詞。所謂的「檃括」，是把別人的詩文內容或名句加以剪裁、改寫，配合音樂創作出新詞，同時講究詞體的聲律、平仄、押韻。這種寫作方法能展現學問，又可以賣弄技巧，在宋朝詞壇裡並不是很多人會寫。

張才翁為了不讓張公庠看扁，把一首吟詠的詩，改為可以歌唱的詞。詞的上片寫在遠處當官的遊子無人關懷，徒感壯志消磨，辜負歸家的心。下片寫長恨人生飄泊不定，容易別離，所以相聚時應盡情喝酒作樂，抖掉人生憂愁，並寄託登臨之心。

歌妓楊皎很快就拿到了改編好的詞。等張公庠回到晚筵座上，她就在張公庠旁邊高唱起來。張公庠覺得很奇怪，明明是自己寫的詩，怎麼一下子變成可以唱的詞？楊皎回答：「這是張才翁改編您的詩成為歌詞，剛剛寄過來，要我唱給您聽的。」

張公庠這才發現張才翁這小子有才華，因為要把詩改成可以唱、又合乎聲律的詞，得有如蘇軾一般的才情，就此對張才翁另眼相待。

張才翁指出了一條在競爭激烈時代裡的「向上之路」，也就是最重要的自力救濟，他選擇靠自己的才能「寫歌成功」。張才翁知道上司要什麼。宋朝人重文輕武，詩文詞寫得好就對了。雖然長官不把自己放在眼裡，但他不自暴自棄，怨天尤人，一個真正有才能的人，就像一把放在袋子裡的錐子，最終會顯露出鋒利的錐尖。張才翁等的是機會，機會一來就能脫穎而出。如果自己沒本事，就算機會來了也會白白錯失。張才翁創造機會、抓住機會，展現才能。他的一首歌，讓長官不敢看扁他，也讓我們看到宋代多麼重視有寫歌才華的人。

狡辯成功的急智歌王

居下位，常恐被人讒。只是曾填〈青玉案〉，何曾敢作〈望江南〉。請問馬都監。

——王齊叟〈望江南〉

我官居下位，最怕別人的讒言讒語，您恐怕聽信了別人說的壞話吧。我只是曾經吟寫〈青玉案〉詞，我什麼時候寫過〈望江南〉呢？不信，您可以問問馬都監。

王齊叟長得帥，個性豪邁海派，有氣節，喜愛幫助人，平時最愛唱〈望江南〉詞。他哥哥王巖叟曾經在鄉舉、省試、廷對都考第一，又稱「三元榜首」，做人處事高風亮節，曾在朝中當副宰相，受到司馬光、蘇轍、呂公著等大臣名士的高度評價。不過王齊叟和哥哥不一樣，他有點小聰明，口才便捷，又愛詐辯。

王齊叟在太原府做官時，因為自視甚高，誰都不看在眼裡。閒暇無事，就寫詞宣洩內心的不滿，寫完〈青玉案〉後，又寫了十多首〈望江南〉。〈望江南〉本來是唐代宰相李德裕為了悼念亡妾謝秋娘所作，本名〈謝秋娘〉[1]。後來白居易按照句格填寫三首，但嫌名字不雅，改名〈憶江南〉。後來溫庭筠詞有「梳洗罷，獨倚望江樓」句，又名「望江南」。

王齊叟〈望江南〉的內容大多在譏刺嘲笑自己的同僚，連太守也不放過。消息傳到太守那裡，太守非常火大。同事們也趁機說王齊叟的壞話，說他平時如何狂妄，背後對太守如何不恭敬。太守本來就不苟言笑，板起臉讓人更生畏懼，他聽說王齊叟的譏諷，非常生氣，想找個機會好好修理他。

一天，眾官員參見太守，拜見完畢，太守當著王齊叟的面說：「你真是大膽！我聽說你寫了十多首〈望江南〉，都是在諷刺挖苦同事的，甚至連我也不放在眼裡，難道你仗恃哥哥在朝中為官，認為沒人敢懲治你嗎？」王齊叟聽到後，上前分辯：「哪裡哪裡，下官不敢。」然後不慌不忙從袖子裡取出唱歌打拍子用的檀板，唱了這首他即興創作的〈望江南〉作為回答。

詞最後寫道，太守您如果不信的話，就問問馬都監吧。「馬都監」是官名，掌管城中軍隊的屯戍、訓練等事。當時馬都監就坐在王齊叟旁邊，一聽到這話，嚇得坐立不安，馬上向太守辯解自己並不知情。太守看王齊叟的思維敏捷，隨口就創作出一首好歌，被他逗樂了，當場哈哈大笑，那些同事們也一個個笑著跑開了。為什麼呢？原來王齊叟隨口吟出的調子，還是一首〈望江南〉。

太守離開後，馬都監一把抓住王齊叟說：「我真不知道你在搞什麼鬼，你填詞諷刺太守，幹嘛非把我扯進去？」王齊叟大笑說：「不好意思，兄弟我只是借你湊個韻腳罷了。」這一陣笑，一件本來要當眾處罰的事也隨之化解開來。

可惜王齊叟的幽默戲謔沒有用在自己的婚姻生活上。他曾經娶舒氏為妻，舒女會寫文章，也很有女德。但是王齊叟時常恃才傲物，個性魯莽。有一次喝了酒，無法控制脾氣，和岳父起了口角。岳父是個武官，脾氣倔強，他的舉止讓岳父無法忍受，氣得把女兒帶回家，最後竟然搞到離婚的地步。其實夫妻倆剛結婚時，情感還算融洽。舒女住在娘家，常常懷念丈夫，有一天走在池塘旁，寫下〈點絳脣〉：

獨自臨流，興來時把闌干憑。舊愁新恨，耗卻來時興。
鷺散魚潛，煙斂風初定。波心靜，照人如鏡，少個年時影。

舒女說自己靠著欄杆，獨自面對河流，心中浮起許多舊愁新恨，所以失去了散步的興致。面對著水波，看見鷺鷥飛散、魚兒游走，水面平靜有如鏡子般，可惜現在倒映在水中的影子，卻少了個丈夫。

舒女雖然想念王齊叟，但丈夫與父親的恩怨化不開，不久後改嫁他人。在宋朝，離婚後改嫁是件容易的事，理學家程頤家中就有再嫁的婦人。而王齊叟離婚後，雖然孤單，仍然恃才傲物，愈來愈憤世嫉俗，狂放不拘。

一個人的個性會影響命運。因為處世的不圓融，生活在孤寂中，沒有人可以修正他的尖銳言行，常常得罪人，因此王齊叟在官場載沉載浮，僅活到三十九歲，再加上沒做什麼大官，詞作更是亡佚，現在《全宋詞》中只存這首〈望江南〉，還有另一首失去調名的詞。

注釋

1 參考段安節：《樂府雜錄》。

這女人了不起，一首歌讓自己從良出嫁

玉慘花愁出鳳城。蓮花樓下柳青青。
尊前一唱陽關後，別箇人人第五程。
尋好夢，夢難成。況誰知我此時情。
枕前淚共簾前雨，隔箇窗兒滴到明。

——聶勝瓊〈鷓鴣天〉寄李之問

等你離開鳳城的時候，我的心也會跟著離去，雖然為你餞行的蓮花樓下，那柳樹青翠依依。但是我住的玉樓卻黯然失色，連花朵也感到悲愁。我舉杯為你唱一首送別的〈陽關曲〉，伴你走過一程又一程，但李郎你早已「隔蓬山一萬重」，不知到何處去了。

真希望能和你在夢中相會，但是好夢又很難尋成。有誰能體會我此時的情懷？無依無靠的，想念著你。我只有在枕上默默的流淚，而隔著窗兒的臺階也飄著細雨。

唱一首歌，原本只是傾訴和情人離別時那難分難捨的傷感，沒想到歌詞太動人，引發同情，打動大老婆的心，就把自己給嫁掉了。

宋朝的歌妓分很多種，有官妓、家妓、私妓。官場應酬宴會時，由於朝廷官員不能到民間青樓，只能召官妓侍候，官妓不只姿色得出眾，還要能迎合文官們的需求，詩書琴畫茶棋酒皆通，才能與官員唱和。

家妓是主人的財產，專門伺候主人，或在家宴時取悅賓客。在名義上，家妓是賤民，可以像貨物一樣買賣。

私妓就是青樓女子，她們的來源大多是父母犯罪被抄家，因此淪為娼妓，有的因家貧被賣給青樓，有的是誤入風塵。這些歌妓的人生出路有三條，一是年老色衰後遁入空門；二是再去買個小女孩，把自己一身絕活全部傳授，以後日子全靠她。三是「門前冷落車馬稀，老大嫁作商人婦」，給人當妾去。面對未來，她們其實承受許多生活的壓力。

北宋汴京城的名妓聶勝瓊資性慧黠，美貌多情，又很會伺候人。無名小子李之問在長安做官期滿，等待重新安排官職時，放鬆心情逛到青樓，認識了聶勝瓊，進而相愛，過著甜蜜的生活。李之問這個人應該長得還算帥與體貼，否則名妓聶勝瓊應該不會對他動心。

家人寫信來催李之問回家。李之問要離去時，勝瓊在蓮花樓為他餞別，唱了首哀怨的詞，最後一句是：「無計留君住，奈何無計隨君去。」人家有更好的前途，自己實在想不到什麼好方法留住他，更沒有名目跟著他遠走天涯。勝瓊淚眼汪汪，楚楚可憐。李之問離情依依，兩人難分難捨。

在聶勝瓊多方挽留下，李之問又住了一個多月。他的妻子在家裡感到很困惑，為什麼新的派命已經下來那麼久了，丈夫卻一直逗留在京城，還不趕快回家接眷屬上任？只能一直寫信，一直催促，李之問不得不和勝瓊分別。聶勝瓊太想念他了，沒過幾天就寄來一首〈鷓鴣天〉，唱訴自己的一往情深，無依無靠，與相思之苦。

李之問在半路上收到詞箋，雖然很傷感，也很想念她，卻無可奈何。他早有妻室，經濟能力也無法為聶勝瓊這樣的名妓贖身，只得把這一紙詞箋偷偷收藏在書箱底下，把這份感情深埋在內心深處，當個情場上的負心人。

他回到家之後，悶悶不樂。妻子也想不通為何夫君已經升官了，卻不開心？最後從他的書箱找到這首詞。李之問只好坦白承認，的確交了青樓中的紅粉佳人。

宋代的婦女基本上都很順從丈夫，在南宋的理學教導下更是男尊女卑，丈夫就是妻子的天。丈夫既然為一個歌妓神魂顛倒，妻子最好成全他。李之問的妻子是個知書達禮的人，也愛勝瓊寫的詞句清美，幾經考量後，變賣嫁妝籌錢，為丈夫到京師娶回了勝瓊。聶勝瓊對李婦的包容和仁厚非常感激。嫁到李家以後，洗淨鉛華，恭順地服侍李妻，專心做侍妾，以報答李妻的包容與救拔之恩，一家過得和樂融融。[1]

這是歌妓中少有的團圓結局。宋代歌妓大多家貧或身世淒涼，在歡場上要陪笑，要取悅客人，有時也會被欺凌、被虐待，所以她們心中都在尋找一個可以託付終身的對象，可是遇到的人不是腦滿腸肥，就是逢場作戲、無品不負責任的人。真的遇到能使自己幸福快樂的人，誰也不願意繼續在青樓賣唱，寧可跳出火坑，嫁為人妾，追求自己的人生。然而打開詞史，歌妓渴望愛情，從良作妾後的際遇，往往是少有幸福的，實在令人心酸。

注釋

1 楊湜：《古今詞話》，見《詞話叢編》，冊一。《青泥蓮花記》和馮夢龍的《情史》也有記載。

扭轉局勢，救自己出監牢

煙霏霏。雪霏霏。
雪向梅花枝上堆。春從何處回。
醉眼開。睡眼開。
疏影橫斜安在哉。從教塞管催。

——吳淑姬〈長相思令〉

天上煙霧迷濛，還飄著霏霏小雪。枝頭上的梅花堆滿白皚皚的雪，春天到底會從哪裡回來？

朦朦朧朧張開睡眼，朦朦朧朧翻開醉眼，到那時美麗的梅景還在嗎？一樹梅花，任憑羌笛聲把它催落了。

歌妓的身分屬於賤民，在宋朝是專門取悅別人，而且是被玩弄的，大部分的歌妓命運都很悲慘。

南宋杭州名妓蘇小娟，又名蘇小小，人不僅長得美，而且很會寫詩。她姊姊蘇盼奴與太學生趙不敏相識相知。趙不敏家境貧苦，全靠盼奴供應生活費才考取進士，分配到襄陽府擔任司戶，負責掌管戶口。兩個相愛的人，遲遲無法結為連理，因為盼奴沒有脫除歌妓的戶籍，不能從良，而脫籍要辦手續，還要龐大的贖身費。趙不敏雖然已經當官三年，但沒有足夠的錢為她贖身，只能分隔兩地，相思成疾而逝。臨死前，他交代弟弟趙院判將一部分遺產分給盼奴，並說弟弟可與盼奴的妹妹小娟結婚。

趙院判派人去尋找盼奴，回報說：「蘇盼奴已在一個月前去世，妹妹蘇小娟也因為姊姊的案子受到牽連，押在牢裡。」原來是於潛縣的商人挪用官府的絹帛去嫖娼，被人告發，牽連盼奴，又連累小娟。官府判案時，蘇小娟陳冤，說明姊姊的冤枉，以及自己被連累，求大人明察。

官府的判官問她：「認識襄陽趙不敏司戶嗎？」「趙司戶未做官時，與家姊蘇盼奴感情深厚，考中科舉後被朝廷派到襄陽做官，兩人無法成婚，家姊相思成疾而死。」判官說：「趙司戶也已經離開人世，他的弟弟趙院判派人送來一封信，妳拆開吧。」蘇小娟讀到詩：

當年名妓鎮東吳，不好黃金只好書。借問錢塘蘇小小，風流還似大蘇無？

詩中稱讚蘇小娟名揚東吳，只喜愛讀書不愛黃金，請問小娟妳的風流還像大蘇（雙關語，既指蘇軾、也指蘇盼奴）一樣嗎？小娟得詩後，沉默不語。判官說：「妳如果能當場和詩，就判無罪，否則立即償還官絹。」小娟不得已，寫下：

君住襄江妾住吳，無情人寄有情書。當年若也來相訪，還有於潛絹也無？

詩中說，突然接到一個住在襄陽的陌生人，寄一封充滿情意的書信來東吳，心中備感溫馨。可是現在才來找人也太晚了些，如果早點來，哪會發生於潛縣的陷害呢？這首詩展現的才華，讓蘇小娟贏得官司，也贏來幸福。判官不但幫助她脫離了樂籍，還成全了她與趙院判的婚事。[1]

類似的故事同樣發生在命運不順的吳淑姬身上。

吳淑姬是南宋浙江吳興人，根據洪邁《夷堅志》的說法，她父親是個秀才，家中貧窮，但她長相貌美，聰慧又懂吟詩唱詞。她由父母做主，小時候本來許配給鄰村的秀才，但還未過門，秀才就病重，不久竟一命嗚呼。一年後，父母為吳淑姬說了另一門親事，男方是位富家子弟。吳淑姬此時心意闌珊，糊里糊塗就答應了。

不料過門後，發現丈夫是個紈褲子弟，成日拈花惹草，還對她拳打腳踢。吳淑姬想到自己愛好詩文，竟然嫁給這種俗氣粗鄙的丈夫，鼓起勇氣提離婚。但丈夫堅決不同意，最後還把她關起來，並告上官府，誣賴她不守婦道與人偷情。吳淑姬因此被捕入獄，也被判了刑。

有人看不下去投訴郡守，揭發富家子弟的奸淫惡行。這個案子很轟動，有錢的闊少欺壓陷害地位卑微的貧家女。當時的郡中官員都很關心，相約旁觀受審。開庭時官員還準備酒，並引導她坐到席上。吳淑姬風采迷倒眾人，實在是我見猶憐。

官員先對她說：「早聽說妳的文采非凡，如果今天妳能即興作一首自詠的好詞，我就把妳的冤情轉告太守。或許能為妳開脫罪名，還妳清白之身。否則妳的處境會很危險。」再命令獄卒打開她身上的枷鎖，並給她喝點小酒。

當時剛好冬末雪融，寒梅怒放，春日將到，官員給吳淑姬的詞題，就是要她用此情景寫成一首〈長相思令〉。她一提筆，立刻寫成：

煙霏霏。雪霏霏。

雪向梅花枝上堆。春從何處回。

醉眼開。睡眼開。

疏影橫斜安在哉。從教塞管催。

上片連用「霏霏」疊字，委婉表白內心的渴求，期待獲得自由。但殘雪堆積在梅枝上，壓得人透不過氣來，叫人懷疑春天是否還會再來？如此惡劣的氣候也暗指自己所處的惡劣環境，無人可倚靠，任人欺凌，真是何等黑暗。

下片以李白的「黃鶴樓中吹玉笛，江城五月落梅花」和孫穠〈菩薩蠻・落梅〉：「一聲羌管吹嗚咽，玉溪夜半梅翻雪」，吶喊著既然一切不實指控排山倒海而來，玷汙我的冰清玉潔，又扭曲我的形象，那就任憑他們欺壓霸凌，直到我如梅花般掉落、死亡為止吧。表達了渴望洗刷不白之冤的心情。

隔天，官員上報當時的湖州太守王十朋，王十朋也馬上釋放了她。儘管吳淑姬聰明貌美又有才華，但在當時重禮教的社會中，一個被玷汙的女人，就是沒人肯明媒正娶。吳淑姬最後賣給周家做小妾，讓人感嘆命運的不幸。[2]

寫《唐宋諸賢絕妙詞選》的黃昇稱讚吳淑姬聰慧，是「女流中黠慧者」，填詞的能力不輸李清照。[3]可惜她的詞集已經散佚，目前《全宋詞》僅收四首。

吳淑姬的才名，直傳到清代。據說清朝末年，廣西鹿寨縣馬村有個叫馬良的書生，外出訪友，天黑了才回家，路上遇到滂沱大雨，就近借宿莫家。莫家原是大富人家，懂得幾句詩文，以附庸風雅為樂，便與馬良對答詩文。莫公的女兒隔窗聽得一清二楚，對馬良的機敏、才情起了愛慕之情，走出房門要求與馬良對句。她說：「杜詩漢名士，非唐朝杜甫之杜詩。」馬良立即對道：「孟子吳淑姬，豈鄒國孟軻之孟子。」

杜詩是東漢光武帝時的南陽太守，是當時的名士。孟子指的就是宋代的文人吳淑姬了，而不是亞聖孟太夫，鄒國孟軻。[4]從兩人的對句，可知直到清代，吳淑姬的文名仍然遠播。

吳淑姬靠著寫歌的智慧，為自己申冤，把自己從監牢中救了出來。蘇小小則靠一首詩贏得官司，贏來自己的幸福。一首詞、一首詩就可以扭轉局勢，再次讓我們看到了宋詞在宋代的地位。

注釋

1 參考處囊齋主人輯：《詩女史纂》，卷十一。

2 參考洪邁：《夷堅支志．庚集》，卷十。

3 參考黃昇：《唐宋諸賢絕妙詞選》，卷十。「淑姬女流中黠慧者，有詞五卷，名《陽春白雪》。佳處不減李易安。」

4 參考蘇者聰：《宋代女性文學》，頁二五四。

救下黥面愛妓，有情人終成眷屬

鬢邊一點似飛鴉。莫把翠鈿遮。
三年兩載，千撋百就，今日天涯。
楊花又逐東風去，隨分落誰家。
若還忘得，除非睡起，不照菱花。

——某教授〈眼兒媚〉

妳眉鬢間小小的刺字，黑得好像飛鴉一樣，妳不需要用漂亮的首飾去遮掩眉間的刺字，我們經過這兩、三年相愛相處的溫存，情感甜蜜而堅定，可是如今卻要分別，情何以堪？

妳即將像楊花一般，隨風飄去，隨意落在人家中。我不會辜負對妳的情愛，也不會忘記這筆仇債；我每天悲痛地喝酒，絕不會忘記妳的含冤負屈。除非我睡醒後沒照鏡子，才有可能忘掉妳。（意思是只要我有照鏡子，就會想念妳，就忘不了妳）。

有句話說：「人生沒有常勝將，歡場難見有情郎。」唐、宋人到歡場去，只是尋歡作樂，尋求慰藉而已，從沒打算娶歌妓回家當老婆。魚玄機的〈贈鄰女〉：「易求無價寶，難得有情郎。」指的正是歡場無真情，也是無數歌妓的痛苦經驗。

在唐代，年輕人一生的三大恨事是「沒考中進士，沒娶到五姓女（李、王、鄭、盧、崔），沒參與修國史」[1]。他們大多數人都很現實，也很功利，只想往高處爬，歌妓只是玩偶，用來取悅自己，不是結婚的對象。宋人也一樣，宋人中秋拜月所求的，主要有三：讀書人「願早步蟾宮」，科考高中；女孩子「願貌似嫦娥」；已婚夫婦願多生貴子。[2]

不管是唐人、宋人或現代人，一生的心願多在求高中科考、做大官、發大財、娶美女，幾乎沒人祈求娶歌妓為正室。

宋朝末年的湖南士子陳詵，不一樣。

陳詵參加科舉考試被錄用後，被派往岳陽當教官（學官）。學宮與樂營歌妓院只有一牆之隔，歌妓院裡夜夜笙歌，彈琴鼓樂隨風飄送，不斷撩撥著陳詵孤單的心。

有一天，他乘著夜色，翻過圍牆與妓女江柳尋歡作樂。江柳是紅牌歌妓，嫵媚又溫柔體貼，很快就抓住陳詵的心。兩人相戀後，消息迅速傳了開來。可是官府規定，官員是不可以和官妓談戀愛的。

當時，抗金名將孟珙的長子孟之經是岳陽太守，這件事也傳入了他的耳裡。有一天，官府宴客，紅牌歌妓江柳沒有前來伺候。孟之經很生氣，心想妳已經和官員陳詵胡搞亂搞，違反了官妓與官員不准私通的法律。現在又膽敢不來陪宴伺候，儼然眼中沒有主子。

孟之經心中的惱怒和報復交雜，馬上召喚江柳前來，以整頓風氣為名，當著眾客人的面前，數落她的不是，嚴刑杖打後，還在她的眉鬢間刺上「陳詵」兩字，打算把她押送到辰州（今湖南沅陵）樂營，拆散他們倆。

江柳的父母嚇壞了，趕快到學宮責問陳詵：「都是你害的，一個女孩子被發配到那麼遠，從岳陽到辰州八百里路，如果沒有盤纏，怎麼去得了？」陳詵既痛苦又後悔，覺得都是自己的錯。他變賣所有家產，連衣服都典當，好不容易湊到一千貫錢，拿六百貫給江柳，剩下的四百貫賄賂押送吏卒，囑咐他們一路上細心照顧江柳；又寫情詞〈眼兒媚〉表明自己的心意。

這首〈眼兒媚〉情深義重，表達了對愛情的執著與忠貞，發誓除非沒有照鏡子，否則不會忘記這恥辱。無奈社會制度一點也不公平，不處罰官員，而是讓階層低的歌妓成為祭品，任人宰割。

本來兩人的未來已經是一場分離的悲劇。女主角被黥面又流放遠方，男主角卻束手無策，叫天不應，叫地不靈。還好出現了貴人。

正當江柳要啟程時，陳詵的老朋友陸雲西，奉荊湖制置司（管理財賦的官）賈似道的命令來岳陽徵召兵將和糧草。陳詵聽說老友陸雲西到來，祕密迎接他，並告訴他有關江柳的事，期望陸雲西伸出援手。陸雲西隨即拿出空白公文寫成任命帖，填上陳詵的名字，送到荊湖制置司衙門，事先安插位置。

不久，太守孟之經設宴，盛情款待陸雲西。酒席上，陸雲西故意問：「聽說有位名叫江柳的樂妓很會唱歌，是哪一位啊？」孟之經只好叫江柳來唱歌助興。江柳以花鈿掩飾眉鬢間的刺字。杯觥交錯之際，陸雲西對孟之經說：「能否把這江柳送給我呢？」孟回答：「大人要，當然可以。」陸雲西笑著說：「你連一個陳詵都無法容忍了，怎麼肯送給我？」

孟之經一聽到陳詵的名字就火冒三丈，開始數落他的過錯，陸雲西聽著只有感慨。等宴席快結束時，陸雲西叫江柳過來詳問，江柳拿出陳詵的送別詞〈眼兒媚〉，陸雲西看後大為讚賞，再次入座，拿給孟之經看，同時帶著譏笑的口吻責問：「你張開眼看看人家寫的詞，多麼感人啊，你真是不會看人。現在賈制司要徵召陳詵去當幕僚，你這樣胡搞，簡直浪費人才！你打算怎麼辦？」孟之經嚇壞了，求陸指點迷津，說：「大人你看怎麼辦就怎麼辦。」不但馬上叫陳詵來一起喝酒，第二天也立即推薦陳詵，並除掉江柳的樂籍，讓她從良。

陸雲西帶陳詵到江陵，推薦給賈似道，當賈的幕僚。陳詵很風光，不僅洗清羞辱，而且升了官。自此傳為巴陵佳話。[3]

故事的結局皆大歡喜，唱一首歌後，終於排除萬難，被黥面的歌妓不用放逐到遠地，而且有情人終成眷屬，男主角還升官晉爵，從此兩人過著幸福快樂的日子。

年輕官員與妓女合力勇敢對抗制度，振奮了普羅大眾在愛情中受傷的心，流傳甚廣。明朝末年的孟稱舜為了歌頌男女排除萬難，自由戀愛的可貴，特地將這段愛情故事創作成雜劇，塑造出了一個理性而勇於追求愛情的妓女江柳，名叫《泣賦眼兒媚》。

注釋——

1 參考劉餗：《隋唐嘉話》，卷五。

2 參考金盈之：《新編醉翁談錄》，卷四。

3 參考蔣子正：《山房隨筆》，這個故事在馮夢龍《情史》與張端義的《貴耳錄》，幾乎都有同樣的記載，只不過《貴耳錄》把孟之經換成楊誠齋。

藉助神力寫成的絕妙神曲

仙姥來時，正一望、千頃翠瀾。旌旗共、亂雲俱下，依約前山。
命駕羣龍金作軛，相從諸娣玉為冠（自注：廟中列坐如夫人者十三人）。
向夜深、風定悄無人，聞佩環。

神奇處，君試看。奠淮右，阻江南。遣六丁雷電，別守東關。
卻笑英雄無好手，一篙春水走曹瞞。
又怎知、人在小紅樓，簾影間。

——姜夔〈滿江紅〉

廣闊的巢湖湖面，當清風拂來時，放眼盡是綠波千頃，前山有亂雲橫空，藹藹雲中似乎隱隱約約揚起無數旌旗，在空中亂舞，景象何其壯麗。湖姥前面有群龍駕著車，後面有諸女神簇擁著，她們一出現，駕馭群龍的金軛與諸位女神的玉冠，都發出燦爛耀眼的光芒。

請大家拭目以看，湖姥雖僅居住在小紅樓、簾影間，但她是如此神奇，指揮若定，奠定淮水右側，保障江南，還派遣雷公、電母、六丁玉女去鎮守濡須口與附近的東關。難道沒有英雄好漢，只能靠一池漲滿的春水，把來自北方的曹操騙走嗎？

歌唱到歌迷叫好，唱片熱銷，演唱會秒殺，可謂「歌神」，如果唱到讓皇帝成為粉絲，那就等著升官加爵，留名青史。如果再唱到連神明都拍手叫好，那無疑是歌唱界的「神中之神」，凡人無可比擬。

〈滿江紅〉這支曲子由岳飛唱紅，在《宋詞排行榜》名列第二名。[1]一開口「怒髮衝冠，憑欄處」，岳飛那低沉而雄壯的歌聲，滿腔忠憤，丹心碧血，氣勢十足，震撼人心，令人聞歌起舞，只想立馬衝上沙場，殺敵報效國家。

然而，少有人知道如此雄壯的曲調，其實是詞風婉約的柳永所創作。這首詞從宋代以來就是熱門曲子，不僅常常被點唱，而且人人爭相按照詞譜填入新的歌詞。當時也多半按照柳永〈滿江紅〉「暮雨初歇」調為正統格律。柳永自己一共填了四首〈滿江紅〉，兩首是俗詞，兩首是羈旅行役的詞。

自宋朝以來，填〈滿江紅〉這首曲子的人，多半用仄韻[2]來填寫傳唱，如張先、蘇軾、秦觀、陸游、辛棄疾等知名詞家，甚至連清代的陳維崧、朱彝尊等陽羨、浙西詞派的開山大師都填過。換言之，不管是豪放派、婉約派，統統搶著填〈滿江紅〉。

但歌唱和吟誦並不一樣。歌者在唱歌的時候，吸氣、吐氣、唱腔應該都要和諧。南宋詞人姜夔覺得這首〈滿江紅〉以仄聲韻來唱，怎麼唱都不和諧，歌妓唱來幾近斷氣，決心改編歌曲。

姜夔自幼跟隨父親在湖北漢陽居住，他多才多藝，精通音律，能自己創作詞曲。他寫的詞音律相當嚴密，歌詞內容則以空靈含蓄著稱，所留下的詞集叫《白石道人歌曲集》，因為晚年他家旁邊有個白石洞，因此他自號「白石道人」。姜夔一生沒做官，五十歲時一場大火燒光了他的家舍，僅靠賣字和朋友接濟為生，最後在貧病中過世，死時一貧如洗。

這首〈滿江紅〉是姜夔三十七歲時，從安徽合肥出發，前往合肥南邊的巢湖時所作的。巢湖古稱「居巢」、「南巢」，是當初夏桀被成湯放逐之地，湖中有座飛紅流翠的小島，就是姥山。

姜夔在正月最後一天抵達巢湖，看到湖旁姥山地險景秀，全島蒼松翠竹，紅花綠柳相映成趣，湖面波光山影，漁帆點點，令人心曠神怡。可惜沒有風，行船非常不方便，又聽到遠方岸邊簫鼓喧天，就問船夫：「發生了什麼事？」船夫回答：「今天湖姥生日，大家都在拜湖姥，為她祝壽。」

姜夔靈機一動，想藉助神力來實現改變〈滿江紅〉唱腔與唱法的願望。他想到了北宋末年大詞人周邦彥的〈滿江紅〉：「最苦是、蝴蝶滿園飛，無心撲。」末句的「無心撲」三字特別難唱，因為在宋代，「撲」字是入聲，唱起來很短促。歌者唱到這地方，必須將「心」字融入去聲（第四聲），才能合乎音律，唱得比較不吃力。姜夔想把〈滿江紅〉改作平聲韻（第一聲與第二聲），讓聲情發生一些變化，歌者就不用唱得那麼拗口，呼吸會比較順暢，可是一直沒有成功過。

姜夔向湖神禱告：「湖神啊，如果您現在能颳起一陣風，讓我的船順利張帆航行到居巢，我一定用平韻寫一首〈滿江紅〉當作迎送神曲。」

剛禱告完，竟然奇妙地揚起一陣風，他的靈感也來了，很快開始寫，而且最後一句「聞佩環」果真合乎音律。姜夔用綠色箋紙寫下整首〈滿江紅〉，沉到湖中。

姜夔這首詞雖然沒有具體寫出仙姥的形象，但從湖姥的侍從多達十三個人，又駕著群龍並以黃金為軛，如此誇張奪目的排場，就能讓人聯想到她的儀態雍容華貴，氣度閒雅，儼然一位坐鎮邊關的統帥。上片結句描寫夜深風定，萬物俱寂，湖面水波如鏡，偶爾傳來清脆的叮噹聲，彷彿是湖姥乘風歸去時的環珮餘音。下片藉著寫巢湖的地理位置如何重要，帶出三國時代曹操與孫權在濡須打仗的史實。

歷史上，曹操率步騎四十萬進攻濡須，孫權聚集的軍隊卻不過七萬人。初次交戰，曹軍大敗，乾脆堅守不出。一天孫權趁水面有薄霧，乘輕舟闖入曹軍前方，觀察曹軍部署。孫權舟行五、六里，並且鼓樂齊鳴，曹操的個性多疑，見孫軍整肅威武，煙霧迷茫，恐怕有詐，不敢出戰，隨後曹操下令弓弩齊發，射擊吳船，也就是有名的「草船借箭」。最後曹操攻孫權一個月沒有成果，只好撤退。

姜夔在詞序中寫到，當初曹軍到達濡須口，和東吳軍隊對峙時，孫權寫信給曹操說：「春水剛滋生，您應該早點離開。」曹操想：「孫權應該不會欺騙我。」因此就撤軍了。濡須口與東關相近，是湖水出入的關口，姜夔認為春水滋生的背後，一定有人在掌管，不如就歸功給湖姥吧。

姜夔在詞中寫道：「卻笑英雄無好手，一篙春水走曹瞞。」感嘆現實裡竟然沒有一位英雄好手，只能憑仗一池漲滿的春水，騙騙來自北方的曹操。他利用想像把歷史故事牽合到湖姥身上，歌頌湖姥坐鎮指揮的神奇。

另一方面，姜夔懷才不遇太久，他也在詞中藉由歷史人物，抒發自己對現實的憤慨。當時距宋金隆興和議將近三十年，偏安一隅的南宋王朝正是倚靠江淮水域，才能阻止金兵的南下侵犯。歷史摻和著現實，使得全詞浪漫又美麗。

這首詞經過姜夔改為平聲韻後，唱起來音韻特別流暢，是一首十分成功的作品。但是曲高和寡，並不容易唱，因此叫好不叫座，幾乎沒有人跟著他改寫的平聲韻來填詞。

反而還是照填仄聲韻的調子。

這首歌自從獻給湖神後，也刻在廟宇的楹柱之間。同一年六月姜夔再度經過巢湖時，有人對他說：「當地善男信女對湖姥拜拜時，都唱這一首，所以當地人都會唱這首歌。」這首〈滿江紅〉就此成為當地的送迎神曲。

注釋

1 王兆鵬，郁玉英，郭紅欣：《宋詞排行榜》，頁五。

2 仄聲韻，為上、去聲，相當國語第三、四聲。入聲韻，國語沒有，閩南語還保留入聲，收音短促。詞比較特別，有些詞調嚴格規定必押入聲韻。根據戈載《詞林正韻》所載共有二十六調。如果押入聲韻，不能參雜上去聲。

抱得美人歸，和韻傳千里

舊時月色。算幾番照我，梅邊吹笛。喚起玉人，不管清寒與攀摘。
何遜而今漸老，都忘卻、春風詞筆。但怪得、竹外疏花，香冷入瑤席。
江國。正寂寂。嘆寄與路遙，夜雪初積。翠尊易泣。紅萼無言耿相憶。
長記曾攜手處，千樹壓、西湖寒碧。又片片、吹盡也，幾時見得。

——姜夔〈暗香〉

依然是以前皎潔的明月，曾經多少次在月光的映照下，我在梅花旁吹奏著玉笛，笛聲清韻諧和，喚起美麗的佳人，冒著清寒和我一道去攀摘梅花，如今我的詩情卻像何遜逐漸老去，往日春風般美妙的辭采和文筆，全都隨著時光消逝。最驚訝的是，竹林外稀疏的梅花，仍將幽香飄散到宴席上，撩起無限情思。

此時江南水鄉正是一片靜寂。我想摘下一枝梅花，藏著我相思的情意，寄給遠方的你，可嘆的是路途遙遙，夜雪茫茫，遮斷前路。我只能捧起一杯翠綠酒，忍不住滴下傷心的眼淚。面對著默默無語的紅梅。想起以前一起折梅的佳人，記得我倆曾牽手遊賞過的地方，千株紅梅正綻放著芳香，倒映在清寒陰碧的西湖上。如今梅花又一片片被風吹落，何時才能重見梅花的幽麗？

姜夔寫完〈滿江紅〉的冬天，踏著雪去拜訪退休後隱居在江蘇石湖的范成大。范成大自號「石湖居士」，他在蘇州建造的石湖別墅有北山堂、農圃堂、玉雪坡、錦繡坡、夢魚軒、倚雲亭、盟鷗亭等多處景觀。喜愛詩詞的他，與陸游、楊萬里、尤袤共稱「南宋四大詩人」。

姜夔在石湖住了一個多月。石湖在明月之下，清澈的光輝直照水面，此時水波粼粼，皓月當空。美景當前豈能無歌？范成大央求姜夔創作新曲子，姜夔就寫了兩首歌曲來歌詠梅花。范成大很喜歡，吟賞不已，叫來兩個歌妓學唱，音調節律悅耳婉轉，將兩首曲子分別命名為〈暗香〉、〈疏影〉。兩首詞調取名來自林逋〈山園小梅〉：

> 眾芳搖落獨暄妍，占盡風情向小園。疏影橫斜水清淺，暗香浮動月黃昏。
> 霜禽欲下先偷眼，粉蝶如知合斷魂。幸有微吟可相狎，不須檀板共金尊。

意思是說，在百花凋零時，獨有梅花迎著寒風昂首盛開，梅花皎潔明媚的姿色，占盡小園風光。梅枝疏落有致，枝條的影子橫斜在清淺的水中，在月光下，飄散著清幽的芬芳。寒雀想要飛下來時，先偷看了梅花一眼；粉蝶兒如果知道梅花的妍美，一定會失色消魂。幸好我能低聲吟誦，可以和梅花互相親近，不需要歌妓敲著檀板唱歌，俗人拿著金盃飲酒來一起欣賞。

姜夔取詩中「暗香疏影」成為新詞的名字。宋代的文人墨客最愛梅與竹，以此代表自身的清高雅潔。姜夔的詠梅詞共有十七首，其中就以〈暗香〉、〈疏影〉最有名，最受欣賞。

姜夔寫這首曲子時已經三十七歲了，長年累月落魄江湖，既無功名，又無錢財。難得遇到范成大這樣的知己，心情特別複雜，長期的壓抑，前途茫然，失落與孤獨，醞釀成淒婉蘊藉的特色。

〈暗香〉的姊妹作為〈疏影〉，歌詞是這樣：

苔枝綴玉，有翠禽小小，枝上同宿。客裏相逢，籬角黃昏，無言自倚修竹。昭君不慣胡沙遠，但暗憶、江南江北。想佩環、月夜歸來，化作此花幽獨。

猶記深宮舊事，那人正睡裏，飛近蛾綠。莫似春風，不管盈盈，早與安排金屋。還教一片隨波去，又卻怨、玉龍哀曲。等恁時、重覓幽香，已入小窗橫幅。

這首詞接連鋪排五個典故，將梅花人格化，用五位歷史女性人物來比喻梅花。「翠禽小小」是用趙師雄在廣東遇到梅花女神的故事來追憶往日情懷。第二個典故用杜甫〈佳人〉：「絕代有佳人，幽居在空谷。」顯示白梅孤傲高潔的品格。第三個典故是將梅花與王昭君相連，寫紅顏薄命，突出其漂泊與思鄉的情緒。第四個典故採用壽陽公主的故事，壽陽公主是梅花的精靈所變，當梅花吹落到壽陽公主的額頭上，經汗水漬染後，在公主的前額上留下梅花的花痕，拂拭不去，使壽陽公主顯得更加嬌柔嫵媚，當時的宮女都仿效剪梅花貼於額頭，被稱為「梅花妝」。比喻梅花盛開時的嬌豔美麗。最後一個典故則是「金屋藏嬌」，漢武帝幼時喜愛阿嬌，長大要金屋藏嬌，但日後不再寵愛她，指梅花被寒風無情摧殘，對白梅產生更多憐愛。當然，詞中也隱含著對現實的不滿。生命已逝，只能對畫憑弔。惋惜留戀之傷感，嫋嫋不絕。

這兩首歌雖然典故很多，不容易解讀，一推出卻超級轟動，深獲大眾喜愛。范成大非常開心，慷慨地把歌女小紅送給了姜夔。[1]

姜夔這次寫歌得到了驚人的禮物——美人一個。他在除夕夜告別石湖，乘著船，帶著歌姬小紅，返回苕溪。歸途中，夜色蒼茫，四處幽靜，寒氣襲人。當船駛過揚州廿四橋時，小紅在船上歡喜地歌唱，姜夔則吹簫伴奏，琴瑟和鳴的場景充滿了浪漫與幸福。為此，姜夔寫了一首〈過垂虹〉詩：

自琢新詞韻最嬌，小紅低唱我吹簫；曲終過盡松陵路，回首煙波廿四橋。

可惜姜夔和小紅的幸福日子無法長久。姜夔以賣字為生，生活自顧不暇，沒多久小紅就被送走了。

姜夔六十七歲那年在西湖旁病逝，因為家境清寒，窮到沒錢下葬，只能靠朋友吳潛等人的資助，安葬在杭州錢塘門外的西馬塍。西馬塍是當時埋葬名人的地方，種了許多珍奇樹木與四時奇花。[2]

人走茶涼。沒想到姜夔死後幾年，西馬塍成為荒塚。南宋後期詩人樂雷發前去尋訪時，那裡已是長滿白蘋草的荒墳，樂雷發因此寫詩「姜夔荒塚白蘋深」。柳永死後還有歌妓懷念，組成弔柳會紀念他，姜夔死後卻如此淒涼，連墳墓都找不到。

姜夔最後病死，貧窮應該是罪魁禍首。姜夔友人蘇石就說：「還好小紅已經嫁人了，沒看到這麼悲慘的事，否則一定哭死。」[3]而姜夔雖然晚景淒涼，沒有小紅相伴，但妻子蕭氏（千巖老人蕭德藻的侄女）一直守著他。[4]

姜夔的〈暗香〉和〈疏影〉聲韻流美，寄情遙遠，深深引起文人的共鳴，後人和韻也最多，並列《宋詞排行榜》第十名。[5]南宋大詞人張炎用這調子歌詠荷花，改名〈紅情〉和〈綠意〉；知名詞人吳文英取姜夔詞〈暗香〉上闋、〈疏影〉下闋合而為之，成〈暗香疏影〉一個新調；元人彭元遜改〈疏影〉為〈解連環〉，都可見到這兩首詞的影響。

姜夔精通音律，張炎曾經稱讚他：「詞如野雲孤飛，去留無跡。」他編寫擬古樂調〈角招〉、〈徵招〉，也創作十七首歌，旁邊都注有工尺譜，是現今研究宋詞樂譜的重要資料。姜夔四十三歲時曾想端正宗廟的音樂，寫〈大樂議〉和〈琴瑟考古圖〉呈獻給朝廷。兩年後，再次呈獻《聖宋鐃歌十二章》，希望能得到朝廷的提拔任用，可惜遭人嫉妒，兩次都沒有成功。直到宋理宗時，發現姜夔的音律才能，任命他為樂章付太常，負責掌管宗廟禮儀音樂，可惜姜夔早已過世有十年之久了。

注釋

1 參考陸友仁著：《硯北雜誌》，卷下。《硯北雜誌》說：「小紅，順陽公青衣也，有色藝。順陽公之請老，姜堯章詣之。一日受簡徵新聲，堯章制暗香疏影兩曲，公使二妓肄習之，音節清婉。堯章歸吳興，公尋以小紅贈之。」

2 參考吳自牧：《夢粱錄》。

3 參考陸友仁：《硯北雜誌》，卷下。「堯章後以末疾故，蘇石挽之曰：『所幸小紅方嫁了，不然啼損馬塍花。』宋時，花藥皆出東西馬塍。西馬塍，皆名人葬處。白石沒後葬此。蘇石謂：『小紅若不嫁，則哭損馬塍花矣。』」

4 參考陳思：《白石道人年譜》。蘇泂：〈到馬塍哭堯章〉：「初聞訃告一場悲，寫盡心肝在挽詞。今日親來見靈柩，對君妻子但如痴。」

5 參考王兆鵬，郁玉英，郭紅欣：《宋詞排行榜》，頁三〇。

這詞掀起好大風波

唱歌抒發心情，雖然有時會獲得許多好處，但若是歌詞太坦白了，一不小心也會洩露心意，讓別人抓住把柄，陷自己於危險之中。孔子就說過，觀察一個人做的事，他真正的動機與心態是無法隱藏的。其實聽一個人愛唱的歌，他內心的想法也同樣藏不住。唱一首歌，就是說出一個心聲。

南唐末代君主李煜在亡國後，被北宋俘虜，終日鬱鬱不樂。四十二歲七夕生日那天，李煜與后妃們歡聚，情不自禁寫下〈虞美人〉：「故國不堪回首月明中」、「一江春水向東流」，交給歌妓唱。宋太宗本來就瞧不起李煜的軟弱，聽了他的歌，更氣他仍然心向故國，再也無法容忍，命人在宴會中下藥毒殺他。李煜吃完後全身抽搐，頭和腳幾乎碰在一起，非常痛苦，生日也變成了忌日。〈虞美人〉成為壓垮李煜生命的最後一根稻草。

秦觀被貶謫到廣西時，路經衡陽，太守孔毅甫熱心置酒款待，希望他多待幾天。秦觀心情不好，拿出所作的〈千秋歲〉詞，孔毅甫讀到「鏡裡朱顏改」這句，擔心地說：「你正當盛年，為什麼言語如此悲愴呢？」等秦觀離開後，孔毅甫對家人說：「秦觀的氣貌和平時不太相同，日子可能不多了。」

丞相曾布後來讀到〈千秋歲〉最後一句「春去也，落紅萬點愁如海」，也惋惜地說：「秦觀恐怕不久於人世了，懷抱著像大海那麼深的愁，哪有可能活下去呢？」[1]不久後秦觀果真去世，一首表明自己內心沉重哀愁的歌，成為讖語。

歐陽修在洛陽的老長官、宋詩西崑派掌門人錢惟演，一生榮華富貴，晚年卻謫居湖北，眼看要老死他鄉，心情無限淒涼，他寫下〈玉樓春〉詞：「淚眼愁腸先已斷。」每次喝完酒就唱，唱得老淚縱橫。錢惟演家中有一個曾服侍過他父親的白髮歌姬，聽到這首歌後說：「前主人即將逝世時，預先為自己寫輓歌〈木蘭花〉，詞意和這首很類似，難道如今主人也要死了嗎？」沒多久，錢惟演果然去世。[2]〈玉樓春〉彷彿是在預告他將離開眷戀的世界。

另外，也有許多人因為唱了歌而遭遇橫禍，比如柳永的〈望海潮〉「有三秋桂子，十里荷花」，雖然日後成為杭州風景的最佳代言，但也讓金主完顏亮羨慕杭州的繁榮富庶，差點投鞭南下。陶穀唱了一首〈春光好〉，反而自曝淫行，丟盡自己與國家的臉。沈唐唱了〈霜葉飛〉，害得自己客死任所。這些都是他們唱歌前意想不到的結果。

至於像胡銓、張元幹，他們仗義執言反對秦檜，將剛毅愛國之心融在慷慨激昂的歌詞裡，不是被貶到海南島，就是被除名並沒收退休俸，其愛國的表現、精神與氣節千古不朽，令人景仰。

注釋——

1 參考曾季貍：《艇齋詩話》。

2 參考胡仔：《苕溪漁隱叢話後集》，卷三九，引《侍兒小名錄》。

假正經穿幫，落荒而逃

好因緣。惡因緣。奈何天。
只得郵亭一夜眠。別神仙。
琵琶撥盡相思調，知音少，
待得鸞膠續斷弦。是何年。

——陶穀〈春光好〉

這到底是人生的好姻緣，還是壞姻緣呢。對老天真是無可奈何啊。我們在驛館只能甜蜜的一夜同眠，就要和你分別，簡直是像和女神分開一樣難過。

你撥弄琵琶的樂音傳盡相思意，可惜知音很少，我們要再相見，還要再等待到何年。

被派去刺探軍情，反而鬧了個大笑話回國。這樣的故事宛如張愛玲的《色戒》，本來要以情色迷惑對手，《色戒》中的女主角卻動了真情，為掩護戀人使自己被射殺；〈春光好〉詞中的男主角陶穀則因色字頭上一把刀，最後搞得落荒而逃。

陶穀是個好學、博通詩書的人[1]，但也是個陰險取巧，好說大話，汲汲營營，熱衷追逐名利的人。[2]陶穀早年曾在好幾個國家當官，一開始在後晉，但因後晉出帝即位後拒絕向遼國稱臣，使得契丹耶律德光率領軍隊南下征討。陶穀在混亂之中投奔後漢，後來又投奔北周。

北周一直很想統一天下，無奈南唐中主李璟對北周十分恭順，找不到出兵的理由，只好藉口中原書籍散落，為了修書，派陶穀前往江南抄書，其實是暗中窺探江南虛實。

陶穀到江南，因為任務重要，整天不苟言笑，擺出道貌岸然的樣子，李璟接待這位態度傲慢、氣勢凌人的特使，又生氣又束手無策，好在南唐宰相韓熙載是個厲害角色。

韓熙載其實是個怪咖，李璟賞賜他的金銀財帛，他全部分給歌姬、妾侍四十餘人，自己經常一錢不留，三餐不繼時便扮成乞丐，背起竹筐，走到各姬妾住處行乞。李後主聽說韓熙載生活「荒縱」，曾派畫家顧閎中夜入韓宅，窺看他縱情聲色的場面，回家後憑著腦海中的記憶，畫成〈韓熙載夜宴圖〉，收在宋《宣和畫譜》中。

同樣是色中高手的韓熙載，對陶穀的底細早已做過調查。韓早年曾和李穀同窗，李穀寫信給他說：「五柳公（姓陶）很驕傲，要善待他。」韓心裡想，「要善待他」是否有什麼雙關語，便對親友說：「陶穀絕對不是什麼正人君子，我有辦法讓他原形畢露。」

陶穀出使南唐時，天天一臉正經，卻題詩在官舍的牆壁上：「西川狗，百姓眼。馬包兒，御廚飯。」大家都看不懂。南唐宰相宋齊丘解釋，「西川狗」就是蜀犬，是個「獨」字；「百姓眼」就是民目，是個「眠」字；「馬包兒」就是爪子，是個「孤」字；「御廚飯」就是官食，是個「館」字。這十二個字說的就是「獨眠孤館」[3]，透露出陶穀隻身出使內心的寂寥。

因此，韓熙載設計讓歌妓秦弱蘭假扮驛站差役的女兒，穿舊衣、戴竹釵，每天早晚在驛館灑掃庭院，陶穀見她貌美，趁機問她身世。秦弱蘭說：「我不幸喪夫，只好回家投靠父母。」陶穀因此失去戒心，違背君子「慎獨」之戒，秦弱蘭美人計色誘成功。兩人分別前，陶穀想送金帛給秦，她不要，反而說：「只要得到一首詞當作傳世之寶。」陶穀於是送了秦弱蘭這首豔詞〈春光好〉，表明一夜纏綿悱惻，兩人難分難捨之情。

幾天後，李璟在澄心堂宴客，下令斟滿大杯美酒，陶穀則正襟危坐，正經得不得了。李璟將秦弱蘭喚來，命她演唱〈春光好〉。當眾被拆穿面具的陶穀萬分丟臉，只好靠著捧腹大笑來解圍，並且連酌連飲，最後醉倒狂吐，連頭上的簪珥都快掉下來。

如此的失態，讓南唐君臣都瞧不起他，只派了幾個小吏在郊外設薄宴送陶穀回去。等陶穀回到京師時，〈春光好〉早已傳遍朝野，他也因為這起外交桃色醜聞，始終未得到重用。

陶穀送秦弱蘭〈春光好〉並落荒而逃的故事流傳很廣。元朝的戴善夫根據這個故事，編寫《陶學士醉寫風光好》雜劇，把時間改成宋初，並把結局改為「陶穀無顏回宋，只得投奔吳越國，最後與秦弱蘭團聚」。

明代畫家、風流才子唐寅則根據陶穀贈詞前後的場面，創作〈陶穀贈詞圖〉，並在畫作右上方題詩一首：「一宿姻緣逆旅中，短詞聊以識泥鴻。當時我作陶承旨，何必尊前面發紅。」在詩中理直氣壯地說：「我倆萍水相逢，一夜纏綿，贈詩聊表紀念這短暫的相逢，如果換作我是陶穀，才不會臉紅慚愧呢！」這幅圖現藏臺北故宮博物院。

關於陶穀的品德，史上所記大多是急功好利。

陶穀常常對別人說：「我的頭骨、相貌都長得很特別，以後會戴貂蟬冠。」以前的高官上朝，頭上戴的是貂尾和附蟬裝飾的冠冕，意指自己未來會被重用，引來許多訕笑。[4]

當初宋太祖要登基時，沒準備昭告臣民的文書，一旁的陶穀竟然從懷中取出一篇禪文，向前遞給太祖說：「我已經準備好了。」陶穀雖然很殷勤，但太祖卻覺得他太有心機。陶穀待在翰林時，負責起草詔書，一直沒升官，他希望被重用，派人放風聲說自己對朝廷效力極多，正在等候皇上的旨意。太祖聽後，笑著說：「我聽說翰林在起草詔書時，都是抄襲前人的舊本，有效什麼力嗎？」陶穀聽了很失望，在宮殿的牆上寫詩說：「官職要爭取才有，文章要用方恨少，所以平時就要努力，不要像可笑的陶學士，年年依樣畫葫蘆，毫無新意。」太祖知道後厭惡陶穀的怨念，更加決意不用他。[5]

陶穀也是個拿了人家好處，一轉眼就翻臉的人。他奉命出使吳越時，曾寫詩二十韻獻給吳越王錢俶，說自己已經頭髮花白年老，沒有機緣再來伺候皇帝了。但等到回程時經過浙西，當地的鎮帥請客，以大金鐘當作酒杯，陶穀卻假裝生病，留在驛館休息，鎮帥派人問他想要什麼，他厚臉皮地說：「金鐘杯。」鎮帥慷慨送了他十個，他則寫詩回禮，說：「我得到金鐘杯以後，眼睛一亮，毛病都消失，整個人都清明了。」

但一等出境，陶穀卻在郵亭牆壁題詩：「井蛙莫恃重溟險，塞馬曾嘶九曲濱。」嘲笑吳越小國就像井底之蛙，沒見過世面，不要以為可以仗恃著躲在深淵險要之地，我們北方的塞馬早晚會併吞你們。

陶穀總是喜愛以強國人姿態出現，更瞧不起偏安的弱國。他力爭上游，汲汲營營仕途的升遷，遇到有好名聲的人，就極力詆毀，所以《宋史》稱他「好名多忌」。

注釋——

1 脫脫：《宋史·陶穀傳》，卷二六九。

2 參考王稱：《東都事略》，卷三十。

3 參考蔣一葵：《堯山堂外記》，卷四十一。

4 參考脫脫：《宋史·陶穀傳》，卷二六九。

5 「官職須由生處有，文章不管用時無。堪笑翰林陶學士，年年依樣畫葫蘆。」參考蔣一葵：《堯山堂外記》，卷四十二。

惹毛了皇帝，榜上自然無名

漸亭皋葉下，隴首雲飛，素秋新霽。
華闕中天，鎖蔥蔥佳氣。
嫩菊黃深，拒霜紅淺，近寶階香砌。
玉宇無塵，金莖有露，碧天如水。
正值昇平，萬幾多暇，夜色澄鮮，漏聲迢遞。
南極星中，有老人呈瑞。
此際宸遊，鳳輦何處，度管弦清脆。
太液波翻，披香簾捲，月明風細。

——柳永〈醉蓬萊〉

秋葉逐漸掉落在亭旁，白雲飄在高山之巔，秋雨過後，天氣轉晴。華麗的宮殿高聳入雲霄，好像鎖住蔥鬱的自然佳氣。臺階兩旁，初開的菊花深黃耀眼，盛開的芙蓉淺紅醉人。美麗的殿宇潔淨無塵，銅仙手中所捧的承露盤裡，盛滿了延年益壽的甘露，碧藍的天空明淨如水。

正值太平盛世，皇帝雖然日理萬機，仍有許多閒暇，夜色清新，銅壺滴漏的水聲從遠處傳來。南極星裡有位老人正呈現太平祥瑞。這時皇帝的車駕在何處呢？也許就在清晰悅耳的管弦樂聲中吧。明月微風，吹起汴京城苑池沼的波光翻騰，也吹開宮殿裡清香的門簾。

既然有人憑著填詞升官加爵，自然也有人因為填詞斷送功名，這個倒楣人就是柳永。

柳永因為在家中排行第七，所以又叫柳七。他原來名叫三變，因為科舉考試時，名字沒有彌封，若用柳三變之名絕對無法考中，到四十多歲才改名柳永。為何不能用柳三變呢？源自於宋仁宗對他的誤解。

柳永很小的時候就會填詞，據說他看了牆上一首流行的〈眉峰碧〉，非常喜歡，反覆吟詠，就此悟出填詞的方法。他的詞在當時可謂是宋詞歌唱排行榜冠軍，國家音樂機構一拿到新譜，一定要請柳永填詞，才能流傳海內外。[1]他的詞之轟動：「凡有井水飲處，即能歌柳詞。」柳永有《樂章集》存世，收錄約兩百多首詞。

柳永不僅獨步詞壇，又懂音律，而且常留戀歌樓。歌女如果能得到柳永為她們作的詞，身價馬上漲十倍，她們也爭相搶唱他創作的新詞。當時流行一句話：「不願穿綾羅，願依柳七哥；不願君王召，願得柳七叫；不願千黃金，願中柳七心，不願神仙見，願識柳七面。」[2]柳永受歡迎的程度，凡人根本無法比。

柳永好不容易考中進士後，被任命為睦州（今浙江建德縣）團練推官，掌管刑獄。消息傳出，京城妓界一片哀嚎。來送行的歌妓排成十隊，全依依不捨流著淚，分別的話連說都說不完。柳永〈如夢令〉一詞描繪的正是此情此景：

郊外綠陰千里。掩映紅裙十隊。惜別語方長，車馬催人速去。偷淚。偷淚。那得分身與你。

柳永之所以這麼紅，全歸功於他太了解歌妓的心，又體貼，所以為她們寫的詞既口語化又貼切，直入人心，再加上他寫的音律諧婉，自然膾炙人口。

可是這樣的柳永卻有兩次因詞得禍，害自己潦倒一生。

第一次是因為〈鶴沖天〉這首詞。

柳永首次參加會試時躊躇滿志，沒想到考前真宗頒布詔書，「讀非聖之書，及屬辭浮靡者」，都要受到嚴厲譴責。以柳永浮豔的風格，自然落第。第二次亦然。第三次又落榜後，憤慨的柳永寫下〈鶴沖天〉：

黃金榜上，偶失龍頭望。明代暫遺賢，如何向。未遂風雲便，爭不恣遊狂蕩。何須論得喪。才子詞人，自是白衣卿相。

煙花巷陌，依約丹青屏障。幸有意中人，堪尋訪。且恁偎紅倚翠，風流事，平生暢。青春都一餉。忍把浮名，換了淺斟低唱。3

在詞中發洩對科舉的牢騷和不滿，卻也看得出他並未完全絕望。

柳永第四次參加科舉是在宋仁宗繼位以後。當時由皇太后主政，十分看重博學的儒生和文人雅士，提倡學子致力於學問根本和文章的義理，排斥輕浮豔麗、空虛淺薄的文章。宋仁宗早聽過柳永〈鶴沖天〉裡那句「忍把浮名，換了淺斟低唱」，臨放榜時說，就讓柳永「且去淺斟低唱，何要浮名」。

柳永只好自我解嘲，自稱「奉旨填詞柳三變」，憤而離開京師，繼續流連於歌樓酒館與鶯燕花柳叢之間，尋找愛的出口與精神的寄託，名字也改了。直到宋仁宗親政，不再由太后攝政，特別放寬歷屆科場落榜者的錄取尺度，柳永與哥哥柳三接才一起榮登進士榜。暮年及第，讓柳永喜悅不已。

第二次因詞得禍就是〈醉蓬萊〉了。

辭別歌妓後的柳永在江蘇當了九年判官，頗有政績，按照宋朝官制早該升遷卻毫無動靜。柳永深受挫折，打算想辦法讓自己脫困。於是以拿手的新詞〈醉蓬萊〉進獻宋仁宗，並特地在詞裡歌功頌德，只求獲得青睞。

不料，宋仁宗光看第一個字「漸」就覺得刺眼，因為「漸」字讓人聯想到「大漸」，好像病重快死了。接著「此際宸遊，鳳輦何處」，這句和仁宗用來哀悼父親宋真宗的輓詞意思雷同，也讓仁宗臉都綠了。再讀到「太液波翻」的「翻」，特別不吉祥。仁宗按耐不住翻臉問：「為什麼不寫波澄？」氣得把詞丟在地上，同時抹掉柳永的名字，「自此不復進用」。[4]

柳永一味引用美麗的詞句，沒考查歌詞的出處。[5]不僅與機遇再次擦肩而過，更害自己被打入十八層地獄。

「翻」、「澄」只有一字之差，只要改個字就有官做。柳永為何想不開，偏偏要用「太液波翻」呢？這就要怪柳永的專業，他太堅持音律了。歌唱一定要考慮歌詞用字與歌者呼吸的原理。第一，這首詞前面已有「夜色澄鮮」，澄字已用過。詞的字數很少，盡量不要重複。第二，「太」、「液」、「波」三字所屬的調子和「澄」字的宮調無法和諧，為了好聽，不能放在一起。第三，「太」音在舌頭，「液」音在喉間，「波」音在重唇，「翻」音在輕唇。歌唱時由舌轉入喉，再由喉轉出重唇至輕唇，重唇、輕唇發音很接近，歌者可以直接把氣吐出來。如果換為「澄」，澄是捲舌音，歌者演唱時，將重唇音轉舌上音，氣會煞到，當然不協調。[6]

宋仁宗沒有給柳永當面解釋的機會，兩人的恩怨反而更加糾纏不清。柳永惹毛皇帝後，做小官過一生，最後以屯田員外郎退休。死後無人過問，靈柩暫時安放在僧寺裡，太守王和甫找不到他的後代，自掏腰包出錢讓他入土為安。[7]出殯那天，汴京全城歌妓休業一天，都來出席他的葬禮，這就是「群妓合金葬柳七」的佳話。

柳永真是個執著的人，為了堅持音律只能位居小官，不知是太專業，還是太笨？

故事還沒完。宋仁宗有一天在後花園舉辦賞花、釣魚的宴會，他拿出詩來，要群臣一個個唱和。最後輪到敬陪末座的王安石，他很想趕快想出可以對的詩句交差，得到的卻是「披香殿」三字，想破頭也不知該怎麼對。當時朝官鄭獬就坐在王安石旁邊，對他說：「應該要對『太液池』。」這一提醒讓王安石靈感來了，寫出〈和御製賞花釣魚〉詩：「披香殿上留朱輦，太液池邊送玉杯。」雖然順利交卷，京城卻因此盛傳「王舍人剽竊柳永的詞」，讓王安石很不開心。

這也是柳永的威力，一句害他不能升官的詞句，竟然變成他的專用詞。

注釋

1 參考葉夢得：《避暑錄話》，卷下。「教坊樂工，每得新腔，必求（柳）永為詞，始行於世。」

2 馮夢龍：《喻世明言・眾名姬春風弔柳七》，卷十二。

3 釋義：想到自己名落孫山，心中有些哀怨。即使在政治清明的時代，君王也會有遺珠之憾。既然沒有遇到好時機，何不隨心所欲遊樂，何必為功名患得患失呢？不如「偎紅倚翠」做個風流才子，把功名換成手中的美酒，聽歌女婉轉低唱吧。

4 參考王闢之：《澠水燕談錄》，卷八。

5 參考楊湜：《古今詞話》，見《詞話叢編》，冊一。「惟務鉤摘好語，卻不參考出處。」

6 參考焦循：《雕菰樓詞話》，見《詞話叢編》，冊二，頁一四九五。

7 參考葉夢得：《避暑錄話》，卷上。

好詞能載舟、亦能覆舟

東南形勝，江吳都會，錢塘自古繁華。
煙柳畫橋，風簾翠幕，參差十萬人家。
雲樹繞堤沙。怒濤卷霜雪，天塹無涯。
市列珠璣，戶盈羅綺競豪奢。

重湖疊巘清嘉。有三秋桂子，十里荷花。
羌管弄晴，菱歌泛夜，嬉嬉釣叟蓮娃。
千騎擁高牙。乘醉聽簫鼓，吟賞煙霞。
異日圖將好景，歸去鳳池誇。

——柳永〈望海潮〉

杭州地處中國東南，形勢非常重要，有美麗的湖光山色，是長江下游的都會區，錢塘自古以來就很繁華。有茂密的柳樹、也有彩繪的橋樑，房間前風簾有如翠綠的帳幕般雅致，城裡的房屋有高有低，大約十萬戶人家。高聳入雲的大樹環繞著沙堤，錢塘怒濤捲上岸，浪花有如霜雪一樣白，長江好像是天然的大壕溝，綿延無邊。

市場上陳列珠玉珍寶，家裡擺滿綾羅綢緞，家家爭相競逐奢華。白公堤兩側的裡湖、外湖，與遠近蒼鬱重疊的山嶺相映成趣，看來清新秀麗。杭州有秋天的桂子，西湖的池塘中有十里的荷花，色彩繽紛。晴天開心奏樂，悠揚的羌笛聲在晴空中飄揚。夜晚有划船採菱的歌聲，釣魚的老翁和採蓮的姑娘都笑嘻嘻。當太守出巡時，千名騎兵簇擁著長官。在醺醺然中聽著吹簫擊鼓的聲音，夕陽西下時，一起吟詩、欣賞天邊的煙霞風光。將杭州富庶美好的風景畫成圖畫，等到升官回京時，好向朝廷誇耀。

有些歌唱了，讓人慷慨激昂；有些歌唱了，讓人手舞足蹈；有些歌唱了，讓人柔腸寸斷，淚流滿面。但誰想得到一首歌可以讓敵軍主將聽了，萬分羨慕到攻打過來？

宋詞天王柳永的〈望海潮〉，就有這種本事。

〈望海潮〉的曲調是柳永自創的新聲。歌詞主要描寫杭州地理位置的重要，歷史的悠久，物產富庶與風景美麗，人們生活悠閒，意指地方官孫何把杭州治理得富庶繁華。詞中並祝福孫何早日升官，將杭州山水畫成圖畫，回到朝廷當宰相。「鳳池」指的就是皇宮禁苑中的池沼。

但柳永為何寫這首歌呢？

根據宋楊湜《古今詞話》記載，孫何還沒當官前就和柳永有交情，柳永一直不得志，到杭州後得知老友孫何是兩浙轉運使，前往拜會，希望能遇上好機會。無奈官門森嚴，地位卑微的柳永根本見不到孫何，於是寫了這首詞，找來當地名妓楚楚，吩咐她說：「我想見孫何，可惜沒有其他管道，如果孫何在宴會上請妳唱歌，不要唱別的，請唱我這首〈望海潮〉。」楚楚真的在宴席裡反覆高唱〈望海潮〉，歌聲深深吸引了孫何，問起作者，才知是老友柳三變。孫何當天就請柳永參加宴席，兩人暢飲一番。[1]可惜之後並無下文。

宋羅大經《鶴林玉露》也記載，孫何在杭州當太守時，柳永為求官，特地作〈望海潮〉詞贈送給孫何。但是，孫何擔任兩浙轉運史時，柳永年僅約十歲。等柳永流寓杭州時，孫何已經死了三十多年，怎麼可能把詞獻給死人求官呢？很明顯，〈望海潮〉並非獻給孫何。

〈望海潮〉到底打算獻給誰？

事實上，這首詞是獻給孫沔的。因為孫何、孫沔同姓，所以被誤用了。

孫沔是會稽人。他二十四歲中進士，那時柳永三十三歲，是同一時期的人。《宋史．孫沔傳》說孫沔才氣過人，但為人放縱，不注意個人品德。御史沈起則形容他「淫縱無檢」。看來孫沔和柳永同樣喜愛女色。雖然孫沔小節可議，但他的戰功和戰績都十分彪炳，「柳永獻詞干謁是有可能的。」[2]

〈望海潮〉流播廣遠，多年之後，金主完顏亮讀到詞裡「三秋桂子，十里荷花」，十分羨慕江南的美好，興起了投鞭渡江的征戰野心。[3]這種說法雖然無據可考，不過柳永這首詞確實是杭州最好的廣告。

後來完顏亮準備渡江南侵時，在途中寫了一首詩〈南征至維揚望江左〉：

萬里車書盡會同，江南豈有別疆封。提兵百萬西湖上，立馬吳山第一峰。

在詩中把自己比成秦始皇，說如果有一天掌有權柄，必要使得天下車同軌、書同文。江南怎麼可以自成一國，一定要統一才行。如果小南宋不投降，將帶領百萬大軍渡過西湖，橫掃整個江南。

完顏亮的詩僅管意氣風發，最後卻被南宋名將虞允文大敗於采石磯。他在遼陽留守的堂弟完顏雍被擁立為帝，耶律元宜等人聯手發動兵變，在瓜洲渡殺死了完顏亮。

南宋詩人謝驛心有感慨，為此寫〈杭州〉一詩感嘆亡國之恨：

誰把杭州曲子謳，荷花十里桂三秋。那知卉木無情物，牽動長江萬里愁。

感嘆不知是誰把杭州寫得如此富庶，有夏荷、有秋桂，哪裡知道草木根本是無情之物，大好河山被金人鐵蹄踐踏，朝廷南渡偏安，君昏臣貪，武備不修，官員流連歌舞場，因此惹動敵軍遠渡長江，攻打江南。

柳永真是太冤枉！金人要來侵略，真不能怪他。他名氣大，詞寫得太好，卻找不到工作，只撈到歌妓們的崇拜，既沒升官又沒發財，還被人誣賴因為這首詞引發了完顏亮對江南的覬覦。

不過，有譽就有毀，柳永的忠實粉絲還是很多。徽宗末年，有一個叫劉季高的朝臣在大相國寺宴客，席間談論起詩詞，大家開始詆毀柳永的詞，批評他的詞褻狎又輕慢。就在信口胡說時，旁邊一個老太監手捧紙筆，默默走到劉季高等人面前，跪下來懇請道：「幾位大人認為柳永的詞寫得不好，能否麻煩諸位為老奴填一首示範示範！」劉季高等人面面相覷，不敢回應。批評別人比較簡單，自己動筆可難呢。沒有才情的人見不得別人好，總是以批評掩飾自己的嫉妒、無能。

宋文學家范鎮年輕時曾與柳永同榜過，他很愛惜柳永的才華，聽到柳永填詞，曾經感嘆「用心用錯了地方」。等他退休後，親朋好友都高唱柳詞，他又嘆口氣說：「仁宗居皇位四十三年天下太平，我身為使官二十年，竟然不能用文字稱頌，而柳永竟然能把盛況形容出來。」言下之意，柳永的詞真是曲盡其妙。

注釋

1 參考楊湜：《古今詞話》，見《詞話叢編》，冊一。「柳耆卿與孫何為布衣交。孫知杭州，門禁甚嚴，耆卿欲見之不得，作〈望海潮〉詞，往謁名妓楚楚曰：『欲見孫相，恨無門路。若因府會，願借朱唇歌於孫相之前。若誰為此詞，但說柳七。』中秋府會，楚楚婉轉歌之，孫即日迎耆卿預坐。」

2 參考柳永著，薛瑞生校註：《樂章集校註》。

3 羅大經：《鶴林玉露》，丙篇，卷一。

老是寫歌闖禍的沈唐

霜林凋晚，危樓迥，登臨無限秋思。
望中閒想，洞庭波面，亂紅初墜。
更蕭索、風吹渭水。長安飛舞千門裏。
變景摧芳榭，唯有蘭衰暮叢，菊殘餘蕊。

回念花滿華堂，美人一去，鎮掩香閨經歲。
又覩珠露，碎點蒼苔，敗梧飄砌。
謾贏得、相思淚眼，東君早作歸來計。
便莫惜丹青手，重與芳菲，萬紅千翠。

——沈唐〈霜葉飛〉

秋天的傍晚我登上高樓，看見樹林披霜，枝葉凋殘，秋思無限。滿眼洞庭的水波，紅花凋零，綠葉飄落，心中有些幽思與閒想。這時秋風吹動著渭水，水波粼粼，更顯得秋氣蕭颯，滿地花草都被摧殘變色。只剩衰蘭和殘菊。

回想以前花滿華堂，但是心愛的美人一離去後，整年香閨空掩，只看到露珠與青苔，還有枯乾的梧桐飄落，讓人怵目驚心。徒然贏得相思淚眼，心中期盼東風早點歸來，能復甦大地，就不用再愛惜畫筆，可以盡情妝點大地，好像春風吹綠萬紅千翠，使大地繽紛多彩，充滿生氣。

唱歌本來是用來宣洩情感的。感情凝聚在心內，然後被寫成歌，讓大家唱。從你愛唱的歌，可窺知心裡在想什麼？喜歡什麼？所以歌不能亂唱、亂寫，有時會惹禍上身。

沈唐是河北人，中過進士，因為沒做什麼重要的官，生平資料很少，只知道他精通音律，填的詞不僅字句動人，而且音律和諧優美。他填詞編曲創作了〈望南雲慢〉，不過這首詞可能太冷僻難唱，全宋詞只有這麼一首。他也是宋朝第一個填〈念奴嬌〉詞的人。

李清照的〈詞論〉一文，曾經批評當時名家張先、宋祁、沈唐等諸人，說他們的詞雖然常有妙語，詞句卻破破碎碎，實在不能稱為名家。可見沈唐在當時的詞壇很有名氣，才會被李清照點名，可惜他的詞集沒流傳下來。

有才華的人相對也非常自負。沈唐在楚州幕府當官時，楚州發生蝗災，百姓苦不堪言。太守胡楷派他去撲打蝗蟲，年輕氣盛的沈唐自認是官員與詞人，不是來打蝗蟲的，文人體格也不堪在烈日下勞動，發牢騷作〈蝗蟲三疊〉：

不是這，下輩無禮，都緣是我，自家遭逢。

雖然這首詞的詞牌已經不見了，只剩殘句，但意思倒很清楚：「長官，我懶得去撲打蝗蟲，你可不要怪晚輩無理、偷懶，我只是因為倒楣，才來這鳥地方工作。」

胡楷一看，心中大怒，心裡想這小子真不受教，故意狠狠處罰他帶領禁軍跟著去打蝗蟲，把他操得半死，想挫挫他的銳氣；然後又找個不知什麼的理由，讓他「坐贓三十年」。所謂坐贓就是指犯了貪汙罪，被判了三十年，簡直是打算把他關到死。[1]

沈唐心中懷才不遇的怨氣更重。還好老長官韓琦送來朝廷的特赦令，改派其他官職，才救了他。

哪知沈唐不知收斂，高歌一曲〈霜飛葉〉，期望為韓琦發聲。南宋的王灼分析道：「沈唐是韓琦的門客，韓琦被外放到中山（今河北定州），家中門客多半期望他回歸朝廷。沈唐〈霜葉飛〉裡說：『謾贏得相思甚了，東君早作歸來計。』其實是為韓琦發聲。詞中的美人，指的就是韓琦。」[2]

沈唐實在是時運不濟，平常寫這種詞應該不會有事。壞就壞在當時是王安石執政，不管遭遇多巨大的反對聲浪，都執拗堅持黃河東流的做法，而韓琦則反對東流。

剛好這一年黃河在曹村大決堤，官府不僅忙著救災疏浚黃河，還要擔心有錢人棄城逃走。偏偏沈唐高唱：願「早作歸來計」，本來是期望東風吹來讓大地甦醒，卻被解讀成是依附韓琦的反對政策，身為官員卻和官府唱反調，不想治水，鼓動大家逃難。惹得王安石非常生氣，直言：「誰叫你倒楣遇到黃河大決堤，不去救災，只想歸去。」[3]

這下子沈唐慘了，好好一首詞變成與官府對立，不僅回不去，還要被論罪。曹村一帶的富貴人家，凡是有參與逃離的，最後都免罪，只有沈唐被貶降官職。

渭州（今甘肅平涼）的長官叫王廣淵，與沈唐是同鄉，好心聘請沈唐到渭州當簽判，執掌文書。沈唐沒學到教訓，吃飽了又寫〈雨中花〉，還叫歌者高唱：

> 有誰念我、如今霜鬢，遠赴邊堠。……身在碧雲西畔，情隨隴水東流。[4]

王廣淵在渭州防守邊疆已經夠辛苦，聽到「誰念我如今霜鬢，遠赴邊堠」很生氣。想到我看你仕途倒楣，念在同鄉之情，聘請你來做官，卻不滿意這職差，還說什麼遠在甘肅平涼的邊疆打拚，害你兩鬢如霜，都沒有人顧念你的辛勞。王廣淵認為沈唐不知感恩，也不敬業，心中不滿，把歌者叫來罵了一頓。

沈唐發現自己老是寫歌闖禍，內心愈來愈不安，有些憂鬱，最後死在任上。其實沈唐剛開始創作〈雨中花〉時，知道內情的人就說：「這次沈唐真的回不去了。」因為他的詞中有「身在碧雲西畔，情隨隴水東流」文句，指人在天邊碧雲的西邊，那麼高的地方，還有可能回到人間嗎？果真一語成讖。

注釋——

1 參考張舜民：《畫墁錄》，卷一。

2 參考王灼：《碧雞漫志》，卷二。「沈公述為韓魏公之客，魏公在中山，門人多有賜環之望。沈秋日作〈霜葉飛〉詞云：『謾贏得相思甚了，東君早作歸來計。便莫惜丹青手，重與芳菲，萬紅千翠。』為魏公發也。」

3 參考張舜民：《畫墁錄》，卷一。「至熙寧，魏公札子特旨改官，辟充大名府簽判，作〈霜飛葉〉云：『願早作歸來計』之語。介甫大怒，矢言曰：『誰教你！』及河大決曹村，凡豫事者皆獲免，其惟唐衝替久之。」

4 這首〈雨中花〉詞，現只剩下殘句。

只有鬼才寫得出來的「鬼語」

小令尊前見玉簫。銀燈一曲太妖嬈。
歌中醉倒誰能恨，唱罷歸來酒未消。
春悄悄，夜迢迢。碧雲天共楚宮遙。
夢魂慣得無拘檢，又踏楊花過謝橋。

——晏幾道〈鷓鴣天〉

在酒席筵邊，玉簫姑娘高唱著小曲。夜晚的銀燈下，她清歌一曲，醉顏微紅，愈覺得她嫵媚嬌嬈。我心甘情願醉倒美妙的歌聲中，一點都不悔恨。唱完歌我一路歸來，酒意還不見稍微消除。

春天靜悄悄，春夜漫漫，我想念著她，可是她卻和碧空的浮雲和楚國的宮殿一樣遙遠。只有不受拘束的夢魂，可以打破束縛去思慕。所以我的魂魄在夢中，踏著滿地楊花，走進謝家的小橋。

寫詞能寫到被宋代大理學家程頤稱為「鬼語」，被讚美所寫的詞達到了宛如魔鬼般高超的境界，有這等能耐的人是誰？答案是宰相晏殊的兒子——晏幾道。

晏幾道年輕時過著歌詞詩酒的日子，很逍遙得意。晏幾道四十五歲時，因為開封府與大理寺在同一天上奏獄政清明，監牢都沒關犯人，宋神宗很開心，在宮中開宴會，特別宣召晏幾道侍宴。晏幾道為此獻上〈鷓鴣天〉詞：

碧藕花開水殿涼。萬年枝上轉紅陽。
昂平歌管隨天仗，祥瑞封章滿御牀。
金掌露，玉爐香。歲華方共聖恩長。
皇州又奏圜扉靜，十樣宮眉捧觴。

詞中歌頌太平與君恩，交由皇家歌舞大樂隊演唱後，神宗非常滿意，派晏幾道去河南穎昌府當個小官。這激起了他的雄心壯志，想藉機一展才華，施展抱負。

當時的潁昌太守韓維是晏殊的舊門生，因為這層關係，再加上晏幾道頗有自信，一上任就將自己的詞作獻給韓維，希望獲得青睞。韓維很快回覆：「你那些詞作我都看了，實在是才能有餘，道德卻不足，希望你能『捐多餘之才，補不足之德』，才不會辜負了我曾是你家『門下老吏』的期望！」[2]

填詞是「缺德」嗎？父親的老門生竟然語重心長地指責他。晏幾道像被澆了冷水，全身冰涼。其實韓維並非不念舊情或勢利眼，而是當時認為填詞是小道，是末流，是給歌妓唱的，不應該浪費太多時間在這種吟風月、弄花草的事情上。

晏幾道雖然難過，但並沒有受影響，因為他一直喜歡填講述相思離別的情詞。曾在〈小山詞自序〉中說：「起初好友沈、陳家有蓮、鴻、蘋、雲四位歌女，常常吟詩唱詞取悅賓客。每次我有了新歌，就寫在草稿上給她們唱。後來陳君龍得病臥床，沈廉叔去世，以前寫的歌詞都隨著歌女流落江湖。」[3]

《小山詞》中有大量描述晏幾道與四名歌女之間纏綿悱惻、風花雪月的詞。比如描寫初識小蘋的〈臨江仙〉：

夢後樓臺高鎖，酒醒簾幕低垂。去年春恨卻來時。

落花人獨立，微雨燕雙飛。

記得小蘋初見，兩重心字羅衣。琵琶弦上說相思。
當時明月在，曾照彩雲歸。[4]

描寫夢醒之後，看到人去樓空，酒意全消，與去年傷春的同樣感覺再次襲上心頭。接著借用翁宏的〈春殘〉詩：「又是春殘也，如何出翠幃。落花人獨立，微雨燕雙飛。」將最後兩句詩融入詞中，妙手天成；下片則寫與小蘋初見的情形，最後寫小蘋離去就像一朵美麗的彩雲翩然飛去。從追憶、離別、相思，敘寫自己的孤寂。

另一首〈鷓鴣天〉寫的則是與某位歌女別後重逢、悲喜交集的情景：

彩袖殷勤捧玉鍾，當年拚卻醉顏紅。
舞低楊柳樓心月，歌盡桃花扇底風。
從別後，憶相逢，幾回魂夢與君同。
今宵賸把銀釭照，猶恐相逢是夢中。[5]

上片寫以前在一起時的歡樂，分離後常常思念她，卻只能在夢中重逢，擔心這次又是一場夢。若這次真的相逢，一定要用燈光照看她，免得又是一場夢。詞中洋溢著久別的相思與重逢的驚喜。

黃庭堅說晏幾道有「四痴」。第一痴：官途不順遂，不靠老爸相識的貴人拉拔。第二痴：寫文章有自己的方法，不肯學當時新進人士寫的流行文體。第三痴：常常花許多錢，卻讓家人饑寒交迫。第四痴：人家千百次辜負他，卻一點也不記恨，一直相信別人，自始至終都不相信別人欺騙自己。

這些「痴」是晏幾道的執著與想不開，也是他與眾不同的可愛處。黃庭堅還說，諸位先進雖然很愛護晏幾道，但也認為他做事過分謹慎小心，因此做不了大官。

這首〈鷓鴣天〉描寫在春天的夜晚，晏幾道參加宴會時遇到一位美人，美人長得太妖嬌，讓他心動不已。兩人在銀燈下高唱歡飲，喝醉也心甘情願。回家以後，因為太思念歌妓，夢魂想悄悄回到青樓去尋找伊人。「碧雲天」是暗示佳人所住的地方遠在天邊，「楚宮遙」也是指她住在「楚王之宮」，實在侯門深似海，暗指她的身分是歌妓。

詞中的「玉簫」是人名，以唐代歌妓韓玉簫比喻勸酒的歌女。當年韓玉簫與窮秀才韋皋相愛，但韓母從中阻撓，韋皋進京趕考。玉簫思念成疾，自畫影像並填詞一首，寄給韋皋，不久後便去世。[6]「謝橋」指的是前往青樓酒筵歌席的必經之路。東晉時的王導與謝安是左右朝廷的兩大豪門望族，謝家子弟尋歡時路過的橋，便叫謝橋。晏幾道在現實中踏著楊花去尋歡，夜裡則飄忽著魂魄與愛人幽會。

這首歌一傳唱，搔著了許多道貌岸然者的癢處，連守舊迂腐的道學家程頤聽到「夢魂慣得無拘檢，又踏楊花過謝橋」，都笑說：「鬼語！鬼語！」鬼語不是鬼話，而是讚美晏幾道的創作能力，因為這種幽渺的意境只有鬼才寫得出來。

後來，清代浙西詞派的厲鶚在〈論詞絕句〉批評這首詞說：「鬼語分明愛賞多，小山小令擅清歌。」再三強調程頤說這詞是鬼語，分明就是非常欣賞與喜愛晏幾道（號小山）寫的小詞，因為晏幾道最擅長清歌啊！

晏幾道的歌被評為詞史的逆流，因為同期的詞家如蘇軾，都已把詞從小令擴充到長調了，詞的內容格局也拓展到懷古、悼亡、打獵等。但是在晏幾道的兩百五十二首詞裡，長調不到十首。詞的內容依然陶醉在懷念歌妓的愛情，生動描述蓮、蘋、鴻、雲四位歌女的音容笑貌，以及對往事的思念。即使如此，能讓理學大家程頤都為之折服，晏幾道的填詞才情，不在話下。

注釋

1 參考覃媛元：〈晏幾道年譜〉。

2 參考邵博：《邵氏聞見後錄》，卷十九。少師報書：「得新詞盈卷，蓋才有餘而德不足者，願郎君捐有餘之才，補不足之穗，不勝門下老吏之望」云。

3 晏幾道〈小山詞自序〉：「始時沈十二廉叔、陳十君寵家，有蓮、鴻、蘋、雲，品清謳娛客。每得一解，即以草授諸兒。無三人持酒聽之，為一笑樂而以。而君寵疾廢臥家，廉叔下世。昔之狂篇醉句，遂與兩家歌兒酒使，俱流傳於人間。」

4 釋義：夢醒後只看見人去樓空的樓臺已經緊鎖，酒意消退後，也只見到厚重的帷簾低垂。去年春天離別的愁恨，今年又來煩我，在這落花時節，伊獨自凝立，在細雨紛飛中，燕子雙雙翩飛。／／依然記得和小蘋初次相見，她穿著兩重心字的羅衣。彈奏著琵琶，訴說相思的情味，當時照著小蘋歸去的皎潔明月仍在眼前，她卻像美麗的彩雲，已然飛離。

5 釋義：當年妳捧著精緻的玉杯，殷勤地勸我喝酒，我總是開懷暢飲，喝得滿臉通紅。多少夜晚妳翩翩起舞，忘卻時光的流逝，直到樓心上的月色，已經漸漸西沉到柳條下垂的地方。在桃花盛開的夜晚，妳輕搖著扇子，盡情地歌唱，直唱到筋疲力竭。／／自從那次離別後，我總是懷念那些與妳相逢的美好日子，做了好幾次夢。今夜我們真的重逢，我舉起銀燈仔細端詳，深怕這次相逢又是在夢中。

6 參考范攄：《雲溪友議》，卷中。

逃亡之歌？非也非也

夜飲東坡醒復醉，歸來彷彿三更。
家童鼻息已雷鳴。
敲門都不應，倚杖聽江聲。
長恨此身非我有，何時忘卻營營。
夜闌風靜縠紋平。
小舟從此逝，江海寄餘生。

——蘇軾〈臨江仙〉夜歸臨皋

晚上在東坡喝酒，醒了醉，醉了醒。回家時已將近半夜一點了，敲了半天門，都沒有人來開，只聽到家僮如雷的鼾聲。於是我拄著拐杖走到江邊，聽著滔滔江水聲，一時有遺世獨立、飄然出塵的頓悟感。

長恨我的身子不是我能掌有，我想做的卻不能去做，我不想做卻偏偏被迫要去做，到底何時才能忘記人生的奔走鑽營呢？夜半水平波靜，真想駕著一葉扁舟，躲到江海邊度過剩餘的歲月。

蘇軾是大名鼎鼎的文豪，如果宋代有頒發奧斯卡最佳作詞獎的話，得主一定就是他。他的詩、文、詞得到眾多文學迷的熱愛。不過少有人知道，他曾因回家太晚無人應門，在江邊觀水，唱了一首歌抒發心境，差點被當成逃犯的事。

蘇軾因「烏臺詩案」[1]入獄一百三十天。出獄後，被貶謫到黃州（今湖北黃岡）當團練副使，非但不能簽公文，還要限制出境，不得隨意離開黃州。

團練副使的薪俸很微薄，一家老小連衣食都成問題。蘇軾寫信給秦觀說，生活只有節儉再節儉。每月一日領薪後，先把四千五百錢分成三十份，再把錢掛在屋樑上，每天不可用超過一百五十錢。要用錢時，就用叉子把錢取下來，而且平常要把叉子藏起來。沒用完的錢藏在竹筒裡，用來招待客人。

蘇軾寫過一篇〈節飲食說〉，大意是說，從今以後，每餐飯只能喝一杯酒，吃一道葷菜。若有貴客遠來拜訪，招待時也不可以超過三道葷菜，而且只能少不能多。如果別人請吃飯，也要事先說明，不要超過這個標準。若對方不答應，就不去赴宴。他認為這樣做，一可安分養福氣，二可寬胃養神氣，三可省錢養財氣。[2]

蘇軾懂得節流，但更想開源增加收入，否則朋友來訪，連喝酒的錢都沒有。但他是朝廷罪犯，沒有資格申請土地。聰明的蘇軾想到了借人頭的法子，請老友馬夢得幫忙，申請了一片五十畝廢棄的營地來耕種。

說起這個馬夢得，他原本在京師做太學正，掌管學規、訓導，生活清苦，性情耿介，所以「學生既不喜，博士亦忌之」，不是一個會取悅學生或是迎合同僚的人，沒什麼朋友。有一天蘇軾去拜訪，剛好他不在，就隨手抓了紙，題上杜甫的〈秋雨嘆〉：

雨中百草秋爛死，階下決明顏色鮮。著葉滿枝翠羽蓋，開花無數黃金錢。涼風蕭蕭吹汝急，恐汝後時難獨立。堂上書生空白頭，臨風三嗅馨香泣。

惋惜資質明麗的決明草，將在風中隨百草一同爛死，用來比喻書生的命運。如果一直教著不想聽課的學生，不受尊重，真會白頭窮老，一事無成。馬夢得受到「開示」，決心不再坐冷板凳，辭掉工作，跟著蘇軾到鳳翔府當幕僚，然後也一路跟到了黃州來。

馬夢得比蘇軾晚八天生。蘇軾曾寫〈馬夢得窮〉，說這一年生的都是命中注定當窮鬼的人，並說馬夢得懷才不遇，跟著自己沒什麼前途，現在甚至跟到了黃州。蘇軾認為馬夢得比自己更窮，是窮者之冠。

兩個窮人在一起，只有努力開墾田地，看能不能補足生活需用。蘇軾把這塊開墾的田地叫「東坡」，因為他深愛白居易貶謫到忠州時作的〈步東坡〉詩：「朝上東坡步，夕上東坡步。東坡何所愛，愛此新成樹。」他在田裡蓋了幾間草屋，把中間的堂屋命名為「雪堂」，並自署匾額，成為他接待朋友的地方。後來乾脆自號「東坡居士」，讓大家忘了白居易也曾叫「東坡」。

蘇軾在黃州可能是營養不良，也可能是水土不服，或是內心憂慮，擔心不知何時又要被檢舉，得罪朝廷，因此得了赤眼病，整整一個月都沒好，眼睛紅紅的，讓他不想出門見人。外面謠傳他已經死了。

許昌的朋友范景仁聽了信以為真，以為可憐的老友受不了折磨病死，痛哭流涕，並火速召來弟子，派他去蘇家哀悼。弟子卻慢慢說：「人命關天，傳聞不知是真是假？應該趕快寫信去打聽，若是真的，再去弔喪也不嫌晚。」因此先派了僕人渡江探視。蘇軾聽完哈哈大笑，日後在〈量移汝州謝表〉[3]說：「疾病連年，人皆相傳為已死。」此事也可見蘇軾的行蹤是眾人焦點，他說什麼話，做什麼事，都會被放大解讀。

蘇軾在黃州將近三年時，有天晚上與朋友在雪堂喝酒，回到家卻無人應門，只好到江邊發呆，想起過往的風光往事——

二十二歲科考時，主考官歐陽修因為想改變文風，見到蘇軾撰寫的〈刑賞忠厚論〉

試卷，驚為奇文，本來想取為進士第一名，又擔心是旗下門生曾鞏寫的，怕被說閒話，只好把他放在第二名。歐陽修後來對梅聖俞說：「我當避此人出一頭地。」

宋仁宗第一次讀到蘇軾、蘇轍的制策時，大為激賞，退朝後很開心地說：「朕今日為子孫得到兩個宰相了。」宋神宗尤其喜愛蘇軾的文章，常常讀到廢寢忘食，讚為天下奇才。

而如今，這些風光都成為過眼雲煙。蘇軾拄著拐杖站在江邊，江風冷冽，吹得人特別清醒，想到自己仕途受挫，下過監，被困在黃州，理想抱負都無從實現，自省人生如此汲汲營營，到底為了什麼？目前的人生好像只剩下恐懼與戰兢，也無法得知何時能夠掙脫朝廷罪人的捆鎖，離開黃州。在夜深風靜下思考人生的遭遇，常常天不從人願，很多努力都是白忙一場。一旦想通了人生的變數與無奈，不再無謂執著，自然轉為追求精神的自由，不如駕著一葉扁舟，過著逍遙的湖海餘生。

蘇軾把這件事與上述心情全寫在這首〈臨江仙〉詞裡。而他寫完詞後，和朋友大唱幾次就散會了。沒想到，第二天竟謠傳蘇軾作了詞，唱完歌，就此駕船長嘯而去。這件事和這首歌很快傳遍黃州，驚動了黃州太守徐君猷，甚至還傳到京師，連宋神宗都一度懷疑蘇軾變成逃犯。太守徐君猷很著急，以為蘇軾真的駕小舟逃亡，犯下「州失罪人」

的罪名，趕緊驅車四處尋找，最後發現他好端端在家中睡覺，鼾聲如雷。

除了這首引起騷動的〈臨江仙〉，蘇軾在黃州寫的其他詞，由於質與量都達到了顛峰，被視為創作顛峰期。比如同樣在黃州寫的〈念奴嬌〉就長久雄踞《宋詞排行榜》第一名，深得大眾喜愛。蘇軾也寫過〈自題金山畫像〉詩自嘲：「問汝平生功業？黃州、惠州、儋州。」雖是自嘲，但黃州四年半歲月的磨練，確實使他的人生態度更圓融，詞作豪中帶曠，屢屢創造代表作。

注釋——

1 「烏臺」，指御史臺，因御史臺內種滿柏樹，又稱「柏臺」。柏樹上常有烏鴉棲息築巢，故稱烏臺。御史舒亶尋摘蘇軾詩句，控告蘇軾譏諷新法，害蘇軾下監牢，稱「烏臺詩案」。

2 蘇軾：《蘇軾文集．節飲食說》，卷七十三。

3 「量移」：被貶逐到遠方的臣子，遇赦改為近地安置。有罪臣復起的意思。

別唱啦，這歌惹得老師不開心

山抹微雲，天連衰草，畫角聲斷譙門。
暫停征棹，聊共引離尊。
多少蓬萊舊事，空回首，煙靄紛紛。
斜陽外，寒鴉萬點，流水繞孤村。
消魂。當此際，香囊暗解，羅帶輕分。
謾贏得、青樓薄倖名存。
此去何時見也，襟袖上，空惹啼痕。
傷情處，高城望斷，燈火已黃昏。

——秦觀〈滿庭芳〉

秋末冬初的會稽山上，天邊輕輕抹上了幾朵淡淡的雲彩；城外的遠天與枯乾的禾草相連。城門樓上響起號角聲響徹雲霄。我坐在歸鄉的客船上，舉起酒杯與歌妓話別。回想住在蓬萊閣的日子，多少男女間的情事，此刻已化作縷縷煙雲飛逝，轉眼成空。眼前夕陽西下，飛越的寒鴉萬點，點綴著遠天，而流水正圍繞著孤村。

離別是最叫人傷魂的。我倆難分難捨，她暗中解開了腰間的同心結，取下香囊，當作留念之物。這一去也不知何時能再重逢？只是徒然贏得青樓薄情的名聲罷了。我的衣袖雖被離別的淚水沾溼，也無法停止我的腳步。正在傷心悲情的時候，一轉頭已經看不見高城，萬家燈火升起，天色已是黃昏。

蘇軾的學生秦觀出身揚州，由於揚州「北據淮，南距海」，所以別號「淮海居士」。秦觀是個很愛歌唱的人，也常常為歌妓寫歌。

秦觀三十一歲[1]時還沒考上科舉，到處找機會。當時程師孟剛好是越州太守，秦觀去作客，住在蓬萊閣中，兩人「酬唱百篇」，相處甚歡。有天他在酒席間看到一位心儀的歌妓，念念不忘，寫下這首有名的〈滿庭芳〉。[2]

〈滿庭芳〉寫青樓裡沒有結局的愛情，以及分別時的纏綿淒婉，只贏得「薄倖」之名的無奈，引起情場浪子們的共鳴，到處被點唱，可謂「唱遍歌樓」。蘇軾甚至戲稱他是「山抹微雲君」。

秦觀去汴京後，見到老師。蘇軾對他說：「好久沒見到你了，你的寫作能力愈來愈高明，現在汴京城裡都流行唱你的『山抹微雲』詞。」秦觀聽完很開心，假裝謙虛地說：「謝謝，哪裡哪裡。」以為老師與有榮焉，哪知蘇軾卻接著說：「沒想到我們分別後，你竟然跑去學柳永填詞。」秦觀嚇了一跳：「徒弟雖然知識淺薄，卻也不至於去學柳永的詞。先生未免言過其實了。」蘇軾說：「什麼沒有！你那句『銷魂。當此際』難道不是柳永的句法嗎？」秦觀又慚愧又服氣，一下子就被老師識破了，只好說：「沒辦法，已經如此流行的歌，無法再改動字句了。」[3]

蘇軾和晏殊一樣不屑於柳永詞的淺俗與豔俗，當然會責難秦觀學柳永的詞。但這首〈滿庭芳〉既婉美又嫵媚，深深贏得了眾人的心，連秦觀的女婿范溫都因此沾光。

范溫有次參加貴族豪邸的聚會，主人家有個會歌唱的侍兒，最擅長唱秦觀的詞。當時范溫坐在人群中，她連看他一眼都懶，范溫個性拘謹，氣也不敢吭一聲，躲在一旁角落。等到酒酣耳熱，侍兒問：「這個少年郎到底是誰啊？」范溫馬上站起來，叉著手回答：「我是山抹微雲的女婿。」聽到的人都笑成一團。[4]也可見當時這首〈滿庭芳〉風靡大街小巷的驚人程度。

當時有位名妓叫琴操，人聰穎又擅長寫詞，有一回她在西湖邊聽到一位士卒用第六部真文韻（ㄣ）唱〈滿庭芳〉，卻唱錯了一個韻，把「畫角聲斷譙門」誤唱成「畫角聲斷斜陽」，忍不住出聲指正。士卒開玩笑說：「那麼厲害啊，那妳會改韻嗎？」琴操當場把這首詞改成第二部陽韻（ㄤ）：

山抹微雲，天連衰草，畫角聲斷斜陽。
暫停征轡，聊共飲離觴。
多少蓬萊舊侶，頻回首煙靄茫茫。

孤村裡，寒煙萬點，流水繞紅牆。
魂傷。當此際，輕分羅帶，暗解香囊。
謾贏得青樓薄倖名狂。
此去何時見也，襟袖上空有餘香。
傷心處，高城望斷，燈火已昏黃。

再次證明這首歌唱遍大街小巷，不僅歌妓愛唱，連西湖旁的小官也要哼上幾句，甚至歌妓都熟到可以改編。

更誇張的是靖康年間，有個女子被金兵抓了，她自稱是秦觀的女兒，期望藉著秦觀的名氣被放走。[5]元代的宋无在《啽囈詩》裡感嘆：「看來山抹微雲恨，直送蛾眉出漢關。」[6]意思是說，秦觀如果地下有知，美女被金人搶奪送出漢關，應該會覺得這是一件恨事。

〈滿庭芳〉紅透半邊天，能寫出如此膾炙人口歌詞的秦觀，到底是怎樣的人？

青少年時的秦觀「強志盛氣，好大而見奇」[7]，十分豪邁。生性天真，以為天下無難事，功名只要努力就可以得到。早年他字「太虛」，藉此表明心似天高，氣凌太虛。但因為他不屑寫當時流行的文體，找工作四處碰壁。科舉失敗後，馬上退隱故鄉揚州，寫信給蘇軾抱怨自己名落孫山，說：「長年頗為兒女子所嗤笑耳。」[8]三十七歲好不容易考上科舉後，可能看到蘇軾被貶，有點擔心，馬上藉口羨慕漢朝伏波將軍馬援的堂弟馬少游，志向淡泊，優遊過日，改字為「少游」。

秦觀考中進士後，由於種種曲折，直到四十二歲才再次被召到京師。但因被視為蘇軾的蜀黨人馬，遭到洛黨賈易的攻擊，說他的詞裡多寫男女之事，行為不檢，被罷去了原本負責勘正文字的工作。兩年以後，秦觀升遷為國史院編修，展開一生中最得意的三年。他和黃庭堅、張耒、晁補之都是蘇軾門下，人稱「蘇門四學士」，蘇軾最喜愛他，曾說自己與秦觀是「同升並黜」，但其實得到好康的比較少，倒楣受牽連的事反而比較多。

哲宗親政後，秦觀因屬於蘇軾的蜀黨，被連坐貶到杭州。御史劉拯也告狀說：秦觀撰寫專門記錄神宗日常生活的《神宗實錄》不夠精確盡責。但其實是因為神宗變法，其中有爭議，他因此增加或減少內容，並加入了自己的看法，不過最終還是被貶到處州。而且又被羅織罪名，說他請病假在法海寺內寫佛書，因此再被貶到郴州（今湖南）。最後編管橫州（今廣西），限制人身自由。第二年又遷徙到雷州（今廣東海康）。連連遭貶的秦觀非常消沉，寫下「南土四時盡熱，愁人日夜俱長」[9]，覺得離京師愈遠，歸鄉無期。他還自寫輓詞，表達心中的哀淒。

神宗過世後，剛即位的徽宗馬上下赦令，蘇軾自海南島移到廉州，途經海康，和秦觀見了面。隨即秦觀也被放還，卻在同年八月醉臥藤州（今廣西藤縣）光化亭上，溘然長逝，年僅五十二歲。

蘇門四學士之一的張耒曾作〈祭秦少游文〉，道盡秦觀坎坷的一生，歷經憂患，無端遭受責罵，最後死於廣西荒郊野外，活不到六十歲，實在悲哀。蘇軾雖然對〈滿庭芳〉不太高興，但在學生裡最欣賞秦觀，聽到他的死訊後傷痛不已，兩天吃不下飯。已經夠窮了，還是拿出五兩銀子給秦觀齋僧，並一再寫哀悼的詩文紀念他，感嘆：「少游不幸死道路，哀哉！世豈復有斯人乎？」

注釋

1 參考秦觀撰，徐培均校注：《淮海居士長短句》。

2 參考胡仔：《苕溪漁隱叢話》，卷三三。

3 參考黃昇：《花庵詞選》，卷二。秦少游自會稽入京，見東坡。坡曰：「久別當作文甚勝，都下盛唱公『山抹微雲』之詞。」秦遜謝。坡遽云：「不意別後，公學柳七作詞。」秦答曰：「某雖無識，亦不至是。先生之言，無乃過乎？」坡云：「『銷魂。當此際』，非柳詞句法乎？」秦慚服。已流傳，不復可改矣。

4 參考蔡絛：《鐵圍山叢談》，卷四。

5 宋无撰：《啽囈集》。

6 宋无撰：《啽囈詩》。

7 參考脫脫：《宋史．秦觀傳》，卷四四四。

8 參考秦觀：《淮海集．與蘇公先生簡》，卷三十。

9 秦觀：〈寧浦書事〉，六首之三。

鶼鰈情深是一回事，拚場還是不能輸

薄霧濃雲愁永晝。瑞腦消金獸。
佳節又重陽，玉枕紗廚，半夜涼初透。
東籬把酒黃昏後。有暗香盈袖。
莫道不消魂，簾捲西風，人比黃花瘦。

——李清照〈醉花陰〉

屋外瀰漫著薄薄的霧氣，天空飄浮著沉重的濃雲。整天讓人感到壓抑、陰暗低沉的氛圍，心中感到憂愁無聊，時間很難打發。房內的獸形爐點燃著龍腦香，香煙嫋嫋。重陽佳節又到了，我枕著瓷枕睡在紗帳裡，半夜時分，空氣中陣陣的涼意襲人。

黃昏後，我在菊圃的籬笆旁飲酒，聞到一股香氣暗中飄來，盈滿我的衫袖。我心中黯然感傷，西風吹來，捲起簾子向外看，人比菊花更消瘦。

宋代會填詞的女子大約可分為三類。一、出身書香家庭的名門淑媛，家中有父兄輩可以教導詩詞，如李清照、朱淑真等；二、與文人士子交往甚密的青樓女子，她們都要接受嚴格的詩、書、琴、棋、畫、茶、酒等教導，才能伺候、取悅客人，如琴操、嚴蕊等；三、一般家庭出身的女性，有機會學詩詞，如吳淑姬等。不過女詞人空有才華，命運好像都不太高明，不是遇人不淑，或是丈夫不懂憐香惜玉，也不懂文學，不然就是無子或家貧。幸運的李清照有懂文學的丈夫，又能相知相惜，造就文壇佳話。

李清照號「易安居士」，出身濟南官宦之家，少女時期就才華橫溢，父親李格非是負責貫徹政令的禮部員外郎，母親是狀元王拱宸的孫女，同樣精通詩文。夫婿趙明誠則是山東人，其父趙挺之當時是吏部侍郎（今考試院次長），後來成為丞相。

趙明誠小時候曾夢見自己在讀一本書，醒來只記得「言與司合，安上已脫，芝芙草拔」這三句，把這件事轉告父親後，趙挺之解釋——「言與司合」是個詞字，「安上已脫」是個女字，「芝芙草拔」是「之夫」兩字——你將來會是個「詞女之夫」。

李清照與趙明誠結婚時，年僅十八，當時趙明誠還在太學讀書。婚後兩人感情極好，志趣、嗜好無不相投。兩人除了詩詞唱和，還喜愛蒐集和研究古代的金石美術，到處買名人書畫、碑帖與古董，回家後仔細研究與整理。《金石錄・後序》記載，夫婦兩人常常在吃完飯後飲茗閒聊，指著堆積的書，打賭說某一件事寫在某一部書裡的第幾卷、第幾頁和第幾行，說對的人就可以先喝茶，往往笑得連茶都傾倒在懷裡。日子過得很快樂。

〈醉花陰〉的詞調最早見於毛滂的《東堂詞》，詞牌取自毛滂的「人在翠陰中」。但是李清照到底什麼時候填寫這首詞，卻有好幾種說法。

一說寫於徽宗崇寧三年（一一〇四年）重陽節。因為前一年九月時，朝廷要求宗室不得與元祐黨人的子孫通婚，也禁止黨人子弟居住在京城。李清照的父親李格非屬於元祐黨，使她不得不與結婚才三年的丈夫分別。飽嘗夫妻分離之苦的李清照，在隔年重陽節寫下這首詞。

一說是大觀二年（一一〇八年）所寫。因為趙明誠與妹婿李擢去天山遊玩，玩得流連忘返，留李清照一人看家，重陽節賞菊卻無人相伴，所以作詞抒發。[1]

還有學者認為這首詞寫作更晚，大約是宋徽宗宣和二年（一一二〇年）左右，寫於趙明誠去萊州當官，她一個人留在青州的時候。

不管是哪一年寫的，都是李清照重陽節時因為思念親人而寫下。詞題「九日」，古人到重陽佳節，都要佩帶茱萸囊登高、喝菊花酒，以此避災。重陽節還有懷鄉思親，期待家人團圓的重大意義。李清照與丈夫分別後的重陽節，倍加思念丈夫，引發了愁思。「瑞腦消金獸」指的是當時婦女房內都有香爐，爐上往往刻著野獸形貌以避邪。點香是為了取暖，愉悅心情，但也有安神滌穢、增加祥和氣氛的功用，也就是所謂的「香氣養性」，在香氣中安定心靈，放鬆身心，培養心性，提升自我。

李清照把這首詞寄給丈夫。趙明誠讀了，既嘆服又欣賞，心想也寫一首詞來思念妻子，而且千萬不能寫輸。較勁意味濃厚。他閉門謝客，廢寢忘食寫了三天三夜，總共填了五十首詞，再把李清照的〈醉花陰〉抄了一遍，混入其中，請朋友陸德夫品評。陸德夫再三吟賞，最後說：「只有三句最好。」趙明誠追問哪三句？陸回答：「莫道不消魂，簾捲西風，人比黃花瘦。」都是李清照所寫。趙明誠徹底被打敗，不得不折服在石榴裙下。[2]

〈醉花陰〉是《宋詞排行榜》第十六名，歷代詞評無不讚譽有加。明代的吳寬有〈易安居士畫像題辭〉：「金石姻緣翰墨分，文蕭夫婦盡能文，西風庭院秋如水，人比黃花瘦幾分。」清代的譚瑩則在《古今詞辨》說：「綠肥紅瘦語嫣然，人比黃花更可憐。若並詩中論位置，易安居士李青蓮。」大力推崇李清照，說她把「綠肥紅瘦」與「人比黃花瘦」兩句詞，寫得如此嫣然及楚楚可憐，真是了不起，簡直與李白同等地位。

李清照的才情，讓南宋的王灼在《碧雞漫志》裡讚許：「作長短句能曲折盡人意」，稱她是「本朝婦人，文采第一」。李清照尤其擅長詞，她的書畫名聲反倒湮滅無聞。明代沈謙《填詞雜說》則讚美：「男中李後主，女中李易安，極是當行本色。前此太白，故稱詞家三李。」

除了詞，李清照還寫有〈詞論〉一文，強調詞的音樂作用，並對蘇軾以寫詩的方式來填詞不以為然，嘲笑蘇軾的詞就像是沒修飾過的詩，以為長長短短就是詞。她宣告詞與詩並不相同，詞在韻文中「別是一家」，另成一體，絕對不是詩的附屬。

趙、李剛結婚時，羨煞多少人，可惜日後發生一連串事故，父親李格非被安上了「元祐黨人」罪名，再加上國家動盪，靖康之變後與丈夫避難南渡，不久後趙明誠病逝。以前的日子有多快樂，後來隻身漂泊的日子就有多淒涼、多痛苦。

不過，趙明誠和李清照志趣相投，他們長期蒐集、研究、考訂金石，最後編成一本《金石錄》，是自歐陽修《集古錄》之後，最有系統的金石學著作。雖然寫詞寫不贏妻子，但李清照三十一歲生日時，有一幅寫真小照，趙明誠題上：「清麗其詞，端莊其品，歸去來兮，真堪偕隱。」讚嘆妻子的好品德與美妙文采，認為兩個人應該一起隱居。充分表達了兩人的鶼鰈情深。

注釋——

1 徐培鈞：《李清照集箋注》，頁五四。

2 參考伊世珍：《瑯嬛記》，卷中。

正氣凌雲高聲唱，慘遭流放海南島

富貴本無心，何事故鄉輕別。
空使猿驚鶴怨，誤薜蘿風月。
囊錐剛要出頭來，不道甚時節。
欲駕巾車歸去，有豺狼當轍。

——胡銓〈好事近〉

我本來就無心富貴，到底為何事離開故鄉出來謀官，現在很後悔當初的輕率。我棄隱而仕，白白造成猿驚鶴怨，輕易放棄了山中的松蘿美景與歲月。

自己也不想想，這是誰當道？也不想想這是什麼時節？硬要出來，還上書斥奸，無奈沒有效果，結果被貶斥遭殃。既然心裡悔恨，就該學學陶淵明隱居。想駕車回到故里田園，可是卻有獨掌大權的豺狼當道。

面對不公不義，有人選擇沉默，有人不平則鳴，但大部分的人都是鳴後而「衰」，也就是仗義執言後倒楣上身。好比司馬遷，盡力為李陵辯護卻觸怒漢武帝，慘遭宮刑。宋代負責編修國史的官員胡銓勇敢發聲，反對專權跋扈的宰相秦檜，同樣慘遭修理，貶謫遠方。

胡銓二十五歲參加科舉應試，回答「治道本天，天道本民」的考題，引古證今，層層分析，指出治理之道就是順著天道，而天道則是本於百姓的需要，並指出宋高宗用人的失誤。[1]高宗本來要讓他當第一名，但有人忌恨他的耿直，把他移為第五名。

金兵大舉南侵時，高宗倉皇渡江南逃，狼狽不堪。胡銓此時正在家中守孝，毅然招募鄉勇，奮起抵抗金兵，自此聲名大振。

南渡後，金國派遣使節攜帶國書，在王倫的陪同下，來到南宋都城臨安（今杭州）和談。金朝派來的特使態度傲慢，目中無人，高宗和宰相秦檜卻一味苟且偷安，不惜卑躬屈膝與金使簽訂第一次和議，由宋高宗向金國稱臣。

這次和議激起朝中多數大臣與全國人民的憤慨，紛紛反對。胡銓反對最激烈，他上書高宗說：「臣屬於樞密院的官，在道義上與秦檜有不共戴天之仇。微臣小小的心願，就是請斬三人頭（指秦檜、王倫、孫近），然後懸掛在竹竿上遊街示眾。」[2]

胡銓公然與秦檜唱反調，不只揭發朝廷與金國的議和陰謀，並且要求高宗斬首秦檜、王倫、孫近三人。表示如果不這樣做的話，他寧願投東海而死，也決不在小朝廷裡求活。

這篇奏疏一傳出，立即產生強烈的回響。宜興進士吳師古很快地將相關資料刻版付印，四處散發，從官員到百姓爭相傳誦。金人聽說此事後，急忙用千金求購，三天後買到，君臣大驚失色，連連稱「南朝有人」[3]。

秦檜等人知道後，由恐懼轉變為惱怒，認為胡銓「狂妄凶悖，鼓眾劫持」，打算消除胡銓所有的官籍與官爵，並送他到昭州（今廣西平樂）去，讓他失去人身自由，沒有薪俸可領。胡銓被除名的詔令傳告朝廷內外，眾友人紛紛設法營救，秦檜迫於公論，最後改派胡銓去廣州監管鹽倉。

四年後，胡銓又被發配到新州（今廣東新興）。新州是「煙瘴嶺南」，但胡銓內心安定，在此利用空閒讀《易》學，堅守忠節。

另一方面，積極主戰派的老宰相李光因為斥責秦檜，與趙鼎一同被貶至海南島。當時的海南島比鬼門關更讓人害怕，官員若知道被貶往海南，寧可自殺。蘇軾就曾經被貶謫海南，與家人分別時「子孫慟哭於江邊，已為死別」[4]。他也在寫給朋友的信中說自認無法活著回去，已交代長子蘇邁處理後事，到海南後會先做棺木，再購置墓地。[5]

胡銓聽到主戰派將領張浚同樣被免職，又傳來趙鼎絕食而死於海南的噩耗，真是奸臣當道，殘害忠良，心中無限悲憤。在與朋友詩酒唱和後，慷慨激昂，整晚睡不著，寫下了這首〈好事近〉，狂歌高唱。這也是胡銓最著名的一首詞。

詞中寫他被貶異鄉，懷念故鄉，心中愁緒與悔恨交織。胡銓藉著唱歌宣洩心中鬱抑，也指責朝廷「有豺狼當轍」，表明雖然遠謫天涯又人微言輕，還是會繼續和秦檜一夥人周旋到底。

新州郡守張棣是個攀附秦檜的小人，看到「豺狼當轍」，認為抓到了胡銓的小辮子，馬上上報。秦檜看到非常生氣，以「謗訕怨望」之罪，將胡銓同樣貶到海南和李光作伴。這年，胡銓四十七歲。

張棣選了個和他一樣壞的使臣游崇送胡銓去海南島，並將胡銓的盤纏全部封在一個小項筒裡，害胡銓一路步行到雷州（今廣東）。當時有些地方官熱衷於監視被貶官流放的官員，看他們是否怨恨朝廷，有沒有其他黨羽等，再將資訊上報朝廷，換取升遷。但雷州地方官王趯是個不畏強權、廉潔正直的人，堅決不出賣落難的官員，對過境的貶官、流人待之以禮。當胡銓被官差押解到雷州之後，王趯想幫助胡銓，以游崇身上攜帶私茶為由，逮捕了他，改派自己的心腹護送胡銓去海南，並準備了盤纏送給他。後來王趯也被人檢舉，連自已都被流放，直到秦檜病死後才再次被重用。

胡銓在海南待了八年，等秦檜死後，他和老宰相李光一道奉詔還朝。要離開海南島時，他緬懷趙丞相一片丹心浩氣忠於朝廷，竟然死在異鄉，寫下膾炙人口的〈哭趙鼎〉：「閣下大書三姓在，海南唯見兩翁還。」指秦檜家中的屏風上寫著趙鼎、李光、胡銓三個人的名字，他一心一意只想殺害三人洩憤。如今趙鼎已去世，只剩李光、胡銓被召回臨安。而事實上，李光死於歸途，活著回到臨安的只有胡銓一人。胡銓與李綱、趙鼎、李光，被合稱為「南宋四名臣」。

胡銓因為唱了一首歌，就遭到秦檜迫害，這種執著的愛國精神，付出如此大的代價，精神令人感佩。在他去世多年後，仍有金國使者來到臨安，滿懷敬意地問：「胡銓學士，尚能飯否？」

注釋——

1 參考脫脫：《宋史．胡銓傳》，卷三七四。

2 參考胡銓：〈戊午上高宗封事〉。

3 羅大經：《鶴林玉露》，甲編，卷六。

4 蘇軾：《蘇軾文集・到昌化軍謝表》，卷二十四。

5 蘇軾：《蘇軾文集・與王敏仲》，十八首之十六，卷五十六。「無復生還之望，昨與長子邁絕，已處置後事矣。今到海南，首當作棺，次便作墓。」

把同仇敵愾唱出來，退休金飛了

夢繞神州路。悵秋風、連營畫角，故宮離黍。
底事崑崙傾砥柱。九地黃流亂注。聚萬落、千村狐兔。
天意從來高難問，況人情、老易悲如許。更南浦，送君去。
涼生岸柳催殘暑。耿斜河、疏星淡月，斷雲微度。
萬里江山知何處。回首對牀夜語。雁不到、書成誰與。
目盡青天懷今古，肯兒曹、恩怨相爾汝。舉大白，聽金縷。

——張元幹〈賀新郎〉

夢中我的魂魄一直縈繞著中原，那片早已淪陷的國土。在秋風蕭颯聲中，金兵吹起的號角聲響徹軍營，訓練有素，軍容威壯。故都汴京已長滿禾黍，滿目荒涼，真讓人惆悵。為何像崑崙山的天柱會崩倒，害得黃河潰堤，使得大地濁流氾濫，百姓飽受痛苦。讓本來安居樂業的土地，變成狐兔盤踞橫行的地獄。天意從來就是高深莫測，何況許多南渡的人都已逐漸老去，收復失地的熱情也慢慢消失，即使心中悲苦，又能向誰訴說呢？

我倆在水畔餞別，柳枝隨風飄起，涼氣息息。夜晚銀河斜轉，只見遠天疏星淡月，片雲飄浮。此次離別後，不知胡公會流落在哪裡？兩人相距萬里，想起往日，如朋友、兄弟般，在床上徹夜長談的情景，已經是不可能了。北雁南飛，卻無法飛到新州，如何將書信託給你呢？我望盡青天，追想古今，怎能和你只顧得個人的離合、恩怨與榮辱而難分難捨？只好開懷暢飲，再聽一回那首送別的〈金縷曲〉。

胡銓由於反對秦檜被貶到新州，福建人張元幹則因為唱了一首歌聲援胡銓，被抄家除名，退休金也全部被取消，慘遭池魚之殃。

宋欽宗時，金兵渡過黃河圍攻開封，當時張元幹是李綱的幕僚，負責防守開封。正當危急時刻，李綱堅決抗金，力諫死守，張元幹則奮勇殺敵，多次擊退金兵的進攻。但是欽宗誤信讒言，李綱被免職，張元幹也在同一天被免除了職務。

後來靖康之變，徽宗、欽宗被擄，張元幹也避難江南。宋高宗起用李綱為宰相，三十九歲的張元幹同樣被召回朝廷。但在主和派的打擊下，李綱只當了七十五天宰相就被免職。張元幹也飽受主和派的毀謗與流言騷擾，很想回歸故鄉福建，他說：「我輩避讒過避賊。」[1]最後在四十一歲以右朝奉郎退休，是個有薪水無職務的六品散官，回到故鄉福州。[2]

張元幹在福州過著平安無事的日子，不料紹興年間，秦檜陰謀籌劃與金議和，張元幹知道老長官李綱為此上書並遭到罷官，被李的精神感動，也在福州上疏反對議和賣國，後來又寫〈賀新郎．寄李伯紀丞相〉表示支援。

接著，胡銓上書請斬秦檜以謝天下，朝野震驚。秦檜惱羞成怒，不只想置胡銓於死地，凡是與胡銓有牽連的人都加重貶謫。胡銓的同鄉王盧溪寫詩送他，秦檜知道後氣昏了，王盧溪已棄官二十多年，秦檜還是把他流放到夜郎。[3]陳剛中寫信問候胡銓，被貶到江西。吳師古將胡銓的奏疏刻版付印四處散發，同樣被流放，最後死在任上。[4]胡銓貶新州時，秦檜氣焰熏天，大家都怕被秦檜羅織罪名，連話都不敢和胡銓站著講。[5]即使是胡銓平常來往的親友們，為了避免遭到懷疑，擔心和他有任何牽連會惹禍上身，都恨不得快快遠離他。[6]

張元幹不顧個人安危，特地為胡銓餞行。舊友相見，心情激盪，兩人有共同的志向，境遇卻一樣慘淡。張元幹憤筆成書，寫下這首〈賀新郎〉。

〈賀新郎〉的詞調充滿了慷慨激昂與悲壯蒼涼的情感，屬於豪放調。張元幹在詞中感嘆「雁不到、書成誰與」，胡銓這一去新州，連秋雁都飛不到，書信如何傳達自己對他的關懷。好人被貶到那麼遠的地方，惡人卻在朝廷把政，真是天道不公，果真「天意從來高難問」，老天一向我行我素，人情則是愈來愈冷。人生實在無奈與無力。〈賀新郎〉描述的心境，有志者同仇敵愾，流傳很廣。

後來南宋時的楊冠卿也寫了一首〈賀新郎〉。他在詞序裡寫道，自己與一位道士經過垂虹橋時，正在討論蓬萊、弱水等不易到達的仙境，聽到旁邊的溪童都能高歌張元幹〈賀新郎〉的句子，聲音很洪亮。可見得此詞流傳之廣。

過了九年，張元幹六十一歲時，陰險狠毒的秦檜終於讀到張元幹送給胡銓的〈賀新郎〉一詞，並把他逮捕到京城臨安（今杭州）審訊。因為張元幹退休已久，只得找個其他理由將他除名削籍、打入大牢。除名就是不再享有官名，成為一般老百姓。削籍後，他微薄的退休俸也隨之取消。入牢抄家時，他所有「語及諷刺者」的詞都被搜刮出來，所以張元幹的詞集裡，看不到靖康年間批判現實的詞。

張元幹出獄後來到蘇州，在皓月當空的中秋節登上虎丘，四顧茫茫，百感交集，連自己都不知為了何事留在蘇州，只想回鄉。後來他在〈上平江陳侍郎十絕〉序中寫：「辛亥休官，忽忽二十九載，行年七十矣。」辛亥是指紹興元年（一一三一年），他四十一歲退休後，到現今已經二十九年，這年的他已經七十歲，從此就不知他的行蹤了。

張元幹寫過兩首〈賀新郎〉，一首給老長官李綱，另一首給胡銓，都被稱為壓卷之作。

注釋

1 張元幹：〈次韻奉送李季言四首〉之四：「我輩避讒過避賊，此行能飽即須歸。山川久有真消息。」

2 參考王兆鵬：《張元幹年譜》。

3 參考岳珂：《程史》，卷十二。

4 參考陸心源：《宋史翼》，卷七。

5 參考岳珂：《程史》，卷十二。「一時士大夫畏罪箝舌，莫敢與立談。」

6 參考蔡戡：〈蘆川歸來集序〉。「平生親黨避嫌畏禍，唯恐去之不速。」

淋漓痛快諷刺人，民心大宣洩

洪邁被拘留。稽首垂哀告彼酋。
一日忍饑猶不耐，堪羞。
蘇武爭禁十九秋。
厥父既無謀。厥子安能解國憂。
萬里歸來誇舌辯，村牛。
好擺頭時便擺頭。

——太學生〈南鄉子〉

洪邁出使到金國被拘留後，向敵人跪拜乞憐哀哭，喪失了使臣的氣節。金國才斷絕一天的糧食他就受不了，真是丟臉，和蘇武十九年被留置在匈奴，餐風宿露在北海牧羊，受盡折磨卻始終不屈服的節操對比，實在是羞愧可恥。

洪邁父親洪皓當年出使也是有勇無謀。老爸和兒子出使同樣束手無策，無法維護民族的尊嚴，國家一直受到異族侵侮，他們都沒辦法為國解憂。真是蠢蛋啊！失節歸來的人還神氣活現，搖頭晃腦地大肆吹噓自己能言善辯，真是可恥又可惡。

當年漢武帝派張騫出使西域，張騫兩次被匈奴俘虜囚禁，歷經十三年才逃回長安。宋代的洪皓也曾經出使金國，被整整羈留了十五年。《宋史》稱他「忠節」，稱讚他有忠貞的節操，高宗也稱讚洪皓，說連蘇武都比不上他的氣節。

然而洪皓的第三子洪邁，同樣出使金國，回國後卻被罵翻了天。

洪邁在父親洪皓被羈留那年，年僅七歲。他跟著哥哥們讀書，天資聰穎，群書無不涉獵。十歲時，隨哥哥們避亂，在衢州（今浙江衢縣）看見破敗的牆上題了兩句詩，詠〈油汙衣〉：「一點清油汙白衣，斑斑駁駁使人疑。縱使洗遍千江水，爭似當初不汙時。」洪邁很喜愛這首詩，認為衣服一旦被染汙，再怎麼洗都不像當時的潔白。人也一樣，一有汙點很難漂白。他從中得到啟示，少年時就立志不同凡俗。

洪邁中進士那年，朝廷本來派他去兩浙轉運司負責交通運輸，因為受到秦檜的排擠，又被改派福州。那時父親洪皓已經從金返國，正在饒州（今江西）當太守，洪邁因此先到饒州侍奉父母，四年後才赴任，可見他是個很孝順的人。

洪邁四十歲那年，金派使者來南宋告知金世宗完顏雍登基。洪邁負責接待金使，表現很出色，因此受到晉升，並奉命出使金國。此番出使的任務是將以前金、宋之間的君臣關係，改為平等的兄弟國家；並且收回河南失地。

洪邁抵達金國境內，與金國派來的接伴使相互約定，一切都依兩國平等之禮。接伴使痛快地答應了。哪知事情突然有了變化。一到金國首都燕京，負責接待的官員大發雷霆，洪邁遞交的國書也不被接受。金人還要求將國書換成「表」。

然而，用「表」意謂金宋之間仍是君臣關係；如果是平等的兄弟之邦，自然應該使用「國書」。對此，洪邁無法接受。結果金人將他和隨行人員拘禁起來，連續三天斷然退回所有的表章，堅持洪邁按照之前宋臣事金國的模式。洪邁不肯低聲下氣，要求依照對等的禮節會見金主。最後被關在使館三天，斷絕飲食與清水，還派了一個自稱跟隨過洪皓的人來勸他不要固執。洪邁不久後便屈服了，最後被遣送回南宋。

洪邁回來時，孝宗已經即位。范成大寫詩〈洪景盧內翰使還入境以詩迓之〉歡迎他，在詩中讚嘆他風塵僕僕出使，一路危險重重，像蘇武一樣有氣節，有膽識。[1]但後來，御史張震彈劾洪邁出使金國有辱使命，最後被罷免，次年被調到泉州當知府。他在地方任職時重視教育，建學校、造浮橋等，有許多治績，得到宋孝宗的嘉許。洪邁後來也成為著名的學者和文學家，留有《容齋隨筆》和《夷堅志》等作品，為後人稱道。

回頭再說洪邁出使金國。

總的來說，洪邁剛回國時，不但未受辱國指責，而且大家還慶幸他能從危機中脫身，是後來各種筆記小說家加油添醋，變成醜化與攻擊洪邁的失節。[2]剛開始是羅大經《鶴林玉露》記載洪邁使金失節的事，還說洪邁素來有風疾的毛病，頭常歪著擺動。當時的人有一首嘲笑他的詩：

一日之饑禁不得，蘇武當年十九秋。傳語天朝洪奉使，好掉頭時不掉頭。

詩中說，蘇武當年被扣留十九年，洪邁一天都受不了饑餓，馬上被嚇出原形，真是沒有骨頭，嘲笑他一逮到機會就喜歡搖頭擺尾、裝腔作勢。但該擺頭時，卻不敢擺頭，真是沒用。[3]

到了宋高宗時，這詩被某位太學生改成了這首〈南鄉子〉詞。[4]一開頭就用辛辣的筆法，指名道姓諷刺洪邁出使失節，才關一天就受不了，磕頭求饒，比不上蘇武被關十九年。「村牛」是罵人蠢貨，指洪邁只會吹噓，擺頭虛張聲勢，卻辦不了事。

這首歌唱來淋漓痛快，宣洩當時的民心，也揭露南宋朝廷中不只洪邁一人在敵人面前膽小如鼠，那些狐假虎威、毫無作為的官員，都是大家所不齒的。

雖然這首〈南鄉子〉詞對洪邁極盡諷刺之能事，但在當時金強宋弱的時局下，使臣出國本來就氣短，也可能父親遭囚十五年的陰影讓他害怕被關，或是自覺還有美好的前途，心想一定要安全返國，因此最終不得不屈服。但最可悲的是，南宋統治者的軟弱無能與偏安心態，缺乏勵精圖治，使得國家積弱不振，讓使者受到欺侮，南宋的敗亡已見端倪。

注釋——

1 「玉帛干戈汹並馳，孤臣叱馭觸危機。關山無極申舟去，天地有情蘇武歸。漢月淩秋隨使節，胡塵捲暑避征衣。國人渴望公顏色，為報褰帷入帝畿。」

2 參考沈如泉：〈宋人洪邁使金事跡考論〉，見《史學月刊》，二〇〇六年。

3 參考羅大經：《鶴林玉露》，卷三。

4 參考陳耀文：《花草粹編》，卷十一，引《談藪》。

粗心誤唱犯官諱，立馬打入大牢去

睡起流鶯語。掩青苔、房櫳向晚，亂紅無數。
吹盡殘花無人見，惟有垂楊自舞。漸暖靄、初回輕暑。
寶扇重尋明月影，暗塵侵、尚有乘鸞女。驚舊恨，遽如許。

江南夢斷橫江渚。浪黏天、葡萄漲綠，半空煙雨。
無限樓前滄波意，誰采蘋花寄取。但悵望、蘭舟容與。
萬里雲帆何時到，送孤鴻、目斷千山阻。誰為我，唱金縷。

——葉夢得〈賀新郎〉

午後乍醒，已是傍晚時分，黃鶯婉轉地唱著。窗櫺內很幽暗，青苔被落花掩蓋著。風兒吹盡枝梢的殘花，卻不見賞花人來，惟有垂楊仍獨自翩然飄舞。霧靄漸漸散去，天氣回暖，原來初夏的暑氣已經悄悄回到天地間。明月下我尋找著團扇，上面覆蓋著黯淡的塵埃，那乘著鸞風的秦宮弄玉還依稀可見。讓人驚訝的是，內心深處的舊恨竟然強烈地湧上心頭。

以前江南的往事已經夢斷在橫江的沙洲上。只見長江大浪黏在天邊，湧出像葡萄色般碧綠的江濤，天空下著有如煙霧般的細雨。我站在樓前倚望，引起無限相思。兩人遠隔千山萬水，採一朵萍花又能託誰寄去，只能從容等待。飄泊萬里的木蘭舟何時歸來？目送孤鴻飛遠，視線被群山遮蔽。此刻有誰能為我歌唱一曲〈金縷曲〉。

無緣無故唱了別人寫的一首歌，就被抓到監牢去。冤枉啊！大人！

〈賀新郎〉的作者葉夢得，蘇州吳縣人，經歷過哲、徽、欽、高宗四朝為官，四十一歲在穎昌府（今河南許昌）當太守時，創辦「許昌詩社」，專門吟詩唱和，入社的人包括蘇軾的兒子蘇過。鎮守許昌期間，也是他詞作最多產的時期。

葉夢得晚年隱居湖州石林，自號石林居士，所寫詩文多以「石林」為名，包括《石林燕語》、《石林詞》、《石林詩話》等，後人多半稱他為石林先生。他在石林谷蓋別墅與藏書樓，藏書總量逾十萬卷以上；後來不幸遇到火災，十萬卷藏書化為灰燼。隔年為此憂病而死。

根據《夷堅志》，葉夢得與〈賀新郎〉的故事是這樣的：

葉夢得剛考上科舉時，被調到潤州（今江蘇）丹徒當小小的縣尉。郡守非常器重他，讓他負責檢查稅收。辦公的務亭就位在西津岸邊。有個假日，葉夢得與監官站在欄杆前，看到江上有一艘彩舫，滿船都是婦女，嬉笑自若，推測是富貴人家，正想迴避，船已經靠岸。

十多人穿著黑色衣服，進到務亭內，問旁邊小吏說：「葉學士在嗎？」葉夢得不得不出來相見。她們再拜說：「學士聲名滿江南，我們是真州的歌妓，想伺候學士喝酒以滿足平生心願，但因為隸屬於樂籍，真州又過客如雲，無時無刻沒有宴席，抽不出空來。剛好今天太守家中舉行私祭，官員們不用集會，大家才能相約渡江前來，實在是很幸運。」

葉夢得感謝她們的厚愛，叫大家一起坐下，同事們想拿酒一起歡飲。這時歌妓站起來說：「我們不顧身分卑微，自己帶了酒來，敢用一杯酒祝葉公長命百歲。願得到葉公一首好詞，拿回去便可以向人誇耀，當成無上的光榮，我們的心願也可以滿足了。」

歌妓要隨從送上裝滿精緻吃食的禮盒。唱歌、跳舞，酒過數巡後，花魁拿出花箋請葉夢得寫詞，葉夢得提筆就寫，一句都沒修改，完成了這首〈賀新郎〉。

這是首傷春懷舊的詞，上片寫午睡醒來，已是傍晚時分，忽然聽聞黃鶯聲啼，感到春光已過，令人不勝悵然。又看到扇子畫有「乘鸞女」，也就是月中仙子。據《龍城錄》記載，唐明皇在八月十五遊月宮，「見素娥千餘人，皆皓衣乘白鸞」。這些景象勾起了他心中的舊恨。下片運用許多典故，其中「葡萄漲綠」出自李白〈襄陽歌〉：「遙看江水鴨頭綠，恰似葡萄初醱醅。」指江南的河水如葡萄綠，心中幻想著佳人泛舟江上，而兩人相隔萬里，不知何時才能相會。結句以杜秋娘所唱〈金縷衣〉：「勸君莫惜金縷衣，勸君須惜少年時。」深悔年少光陰虛過之意。

這首歌大為流行，可能是結句「誰為我，唱金縷」，提醒人愛惜光陰，傳唱到最後成為經典曲。因為唱得太紅了，後人乾脆把〈賀新郎〉詞牌改為〈金縷曲〉。這首歌也被傳成是葉夢得寫給真州歌妓的，其實那是《夷堅志》以小說筆法編寫成的浪漫故事，和真州歌妓一點關係都沒有。

葉石林的孫子有一回和別人談起，祖父寫這首詞時年僅十八，也不是寫給歌妓的。[1]然而整件事最讓人意想不到的是，一個年輕小夥子寫的詞，竟然造成如此轟動，還被編了個浪漫故事。

這首歌一直傳唱，詞中有句「萬里雲帆」，而南宋大詩人、「誠齋先生」楊萬里，名字裡剛好就有「萬里」兩字。

楊萬里當監察州縣的地方長官時，巡歷到某一郡，郡守擺下酒席宴請他，並請官妓唱歌助興，有位歌妓唱了這首很流行的〈賀新郎〉，唱到「萬里雲帆何時到」這句時，楊萬里馬上站起來說：「萬里昨日到。」

這簡直犯了官場忌諱，歌妓以下犯上，賤民犯高官，還直接喊出長官名諱，實在是大不敬。歌妓嚇壞了，郡守大感慚愧，馬上把歌妓抓起來關入大牢。[2]

最奇怪的是，郡守竟然沒事，只罰歌妓，只能怪她沒仔細探聽長官的名諱，信口高唱，在階級意識嚴明的宋代為此倒了大楣。唱歌，還是得看場合才行。

注釋——

1 參考劉詩昌：《蘆蒲筆記．石林詞》，卷五。「慶元庚申，石林之孫筠守臨江，嘗從容語及，謂賦此詞時，年方十八。而傳者乃云：為儀真妓女作，詳味句意，皆不相干，或是書此，以遺之爾。」

2 參考鄧子勉：《宋金元詞話全編》，卷二一。

當年唱得好清高，如今做來全不同

我是清都山水郎，天教分付與疏狂。
曾批給雨支風敕，累奏留雲借月章。
詩萬首，酒千觴。幾曾著眼看侯王？
玉樓金闕慵歸去，且插梅花醉洛陽。

——朱敦儒〈鷓鴣天〉

我本來就是天宮裡掌管山水的郎官，天帝賦予我懶散和疏狂不羈的個性。我曾多次批示過支配風雨的命令，也多次上呈留住雲彩，要暫借月亮的奏章。

我寫過上萬首詩，酒一飲就是千杯，不曾正眼看過王侯將相。就算是在華麗精緻的宮殿，我也懶得做官，只想插著梅花醉臥洛陽城。

認識一個人要多久才能識清他的真面目？始終如一是件困難的事。處在艱難的環境，長期受壓迫，把持守住最初的心，確實需要強大的力量與堅定的勇氣。

最長壽的詞人朱敦儒，字希真，又稱伊水老人、少室山人，河南（今洛陽）人。才華橫溢，能書會畫，又深懂樂器，家境富裕，常以梅花自喻清高。他活到了九十五歲高齡[1]，由於長壽，經歷過南北宋的盛衰。

他在北宋時期有過享受的生活，曾經隱居故鄉洛陽。洛陽是北宋的西京，北依邙山，南對龍門，伊、洛、瀍、澗諸水蜿蜒其間，林壑幽美。他喝酒吟詩，自得其樂，寫有洛陽山水和名勝風物的詞作，後來留下詞集三卷，名《樵歌》，也稱《太平樵歌》，並獲得「詞俊」之名。

這首〈鷓鴣天〉就是他住在洛陽時寫的。

欽宗時兩次舉薦為學官，他兩次堅拒，自認個性就像麋鹿，常自得其樂，日子過得像閒雲野鶴一樣，無牽無掛，並不想追求高官厚祿。[2]朱敦儒不想當官，為自己贏得有氣節的名聲。

此番心情，也寫入了〈鷓鴣天〉最後一句「且插梅花醉洛陽」。洛陽盛產牡丹，「千年帝都，牡丹花城」，「洛陽牡丹甲天下」。人在洛陽的他，不想插牡丹花，只想插「千林無伴，淡然獨傲霜雪」的梅花，以此彰顯自己的操守與氣節。

北宋滅亡後，朱敦儒經江西逃往兩廣，最後流落嶺南。廣西大臣明橐到處尋訪四散各處山林的流亡賢者，向高宗推薦朱敦儒，說他「深通治國的要旨，有治國安民的才能，恬淡謙遜，不爭競名利，又安於貧賤」[3]。再加上南宋大詩人陳與義也稱讚朱的賢能，高宗因此徵召朱敦儒，但他仍然不肯接受。最後是在眾親朋勸說下，勉強應詔前往臨安，被高宗授予祕書省正字，負責勘正文字。後來因為秦檜的兒子秦熺喜歡吟詩，在秦檜的籠絡下，先聘朱敦儒的兒子為刪定官，再聘朱敦儒為鴻臚少卿（讚禮官）。

朱敦儒乖乖出來當官的行為，連高宗都不解，說：「哪有人早年隱居，到晚年才奔波？」因此等秦檜一死，就被廢除了官職。有人認為朱敦儒因為太愛兒子，害怕不答應當官的話，會招來放逐蠻域的報復，才「被迫當官」，卻也因此成為他人生的汙點。

有人對照朱敦儒之前寫的〈鷓鴣天〉，打臉說：

少室山人久掛冠，不知何事到長安。如今縱插梅花醉，未必王侯著眼看。

意思是說，你不是早早就掛冠而去嗎？到底為著何事跑到首都來？為了求官嗎？為了求名嗎？如今縱使你喝醉了，插著象徵高潔的梅花，王侯將相也懶得正眼看你一眼。[4]

長壽原本應該是件好事，但是朱敦儒活到九十五歲，又歷經南北宋，當人們檢視他的一生，發現早年的言論高調，如今卻變節為秦檜工作，難免會諷刺他前後言行不一致，看來只能怪他太愛兒子了。

朱敦儒早年在洛陽時，因為是富貴之家，作品屬於穠麗風格。南渡後，他一想到北宋滅亡就滿腔悲憤，沉咽淒楚；以婉麗之筆，寫感傷之情。他的〈相見歡〉：

> 金陵城上西樓，倚清秋。萬里夕陽垂地，大江流。
> 中原亂，簪纓散，幾時收？試倩悲風吹淚，過揚州。

寫自己站在金陵城的西城門樓登臨遠眺，面對著浩蕩東去的長江，美好風光依舊壯麗，可是時代更迭，形勢早已迥異。滿城清秋時節，長江往夕陽奔流而去。金兵擄走了徽、欽二帝，侵占中原，隨著北宋王朝的滅亡，貴族、官吏們紛紛跑散了。什麼時候才能收復國土？只能請託悲風，將自己的熱淚吹到揚州前線。

朱敦儒有強烈的愛國心，站在主戰派這一邊，詞具有現實意義，留下憂時憤亂的詞作。也因為發表主戰言論，與主戰派李光等人一同受到右諫議大夫汪勃的彈劾，被免職後，乾脆上疏請求退居嘉禾（今浙江嘉興）。

朱敦儒一離開朝廷，長期寓居嘉禾，家中牆上掛著琴、筑（像琴的弦樂器）、阮咸（彈撥樂器），屋簷下養著平常看不到的珍禽，瓶罐裡有果實、肉脯，客人來了就拿出來請客，過著世外桃源式的生活。[5]他寫了六首〈漁父詞〉，其中一首：

> 搖首出紅塵，醒醉更無時節。活計綠簑青笠，慣披霜衝雪。
> 晚來風定釣絲閒，上下是新月。千里水天一色，看孤鴻明滅。

大意是說，離開紅塵是非，隱居山林，生活自由自在，捕魚垂釣，放眼望去江面上下都有一輪新月，水天一色，只見孤雁在月色裡忽明忽暗。可看出生活不僅風平浪靜，內心更是閒靜自得。

雖然朱敦儒的變節使他遭到批評，但還是有許多人仰慕他。辛棄疾〈念奴嬌〉「近來何處」一詞，就明確說是「效朱希真體」。陸游年輕時受到朱敦儒的賞識，為人與作詞都深受朱的薰陶，他的名作〈卜算子．詠梅〉也與朱敦儒的〈卜算子．詠梅〉「古澗一枝梅」風格神韻相似。辛、陸兩人都學習朱敦儒的填詞方法。

注釋——

1 參考劉揚忠：〈關於朱敦儒的生卒年〉，見《文學遺產》。

2 參考脫脫：《宋史．文苑傳．朱敦儒》：「麋鹿之性，自樂閒曠，爵祿非所願也。」

3 參考周必大：《二老堂詞話．朱希真出處》：「深達治體，有經世之才，靜退無競，安於貧賤。」

4 參考周必大：《二老堂詞話．朱希真出處》。

5 參考厲鶚輯：《宋詩紀事》引《澄懷錄》，卷四四。

詞人心情百百款

唱歌可以表示感恩、表達不滿、傳達情意，或是懺悔、抒發痛苦。唱歌，能含蓄又明白地表達心聲，是表達心意最好的方式。

歷史上有許多以高歌一曲表明心跡的故事。

戰國時的秦青專門教唱歌，薛譚跟隨他學唱歌，自認為歌藝已經學得差不多了，向老師秦青告辭返家。秦青送他到郊外，臨別時按著節拍，引吭高歌，「聲震林木，響遏行雲」。薛譚聽後大吃一驚，口服心服，放棄了回家的念頭。[1]

秦青用歌唱和學生表達，論歌藝你還差遠呢。

桓伊是晉代著名的「笛聖」。謝安的女婿王國寶經常在孝武帝面前說岳父的壞話，讓武帝和謝安產生了嫌隙。有一天孝武帝在飲酒，謝安也在座，孝武帝下令桓伊吹笛，吹奏後，桓伊要求彈箏並高歌〈怨詩〉：「當國君本來就不容易，當忠臣更難。臣子對國君忠信的事，常不被顯揚，但卻常常被懷疑。」歌聲慷慨，讓謝安感動得淚流滿面，孝武帝深感慚愧。[2]

桓伊以唱歌勸諫皇帝遠離小人，重用忠臣，不要中小人的離間計。如果用說的或上疏勸諫，恐怕自己也會遭遇不測。

宋人也善用這招。陳堯佐為了感謝呂夷簡推薦自己，唱一首〈踏莎行〉表明感恩的心。侯蒙對嘲笑他長得醜又考不上的人，唱一首〈臨江仙〉表明自己的不在乎與努力向上的心。貪名奪利的臣子在事跡敗露時，藉唱歌表明懺悔不已，如蔡京唱〈西江月〉。亡國的國君成為階下囚，無限痛苦，如宋徽宗唱〈眼兒媚〉，悔恨自己的罪孽。

唱歌是最佳的溝通工具，人人都喜愛。

注釋——

1 參考《列子．湯問》：「薛譚學謳於秦青，未窮青之技，自謂盡之，遂辭歸。秦青弗止，餞於郊衢，撫節悲歌，聲振林木，響遏行雲。薛譚乃謝求反，終身不敢言歸。」

2 參考《晉書．桓伊傳》，卷八一。「為君既不易，為臣良獨難。忠信事不顯，事有見疑患。」

更輕鬆、更親暱。這些歌妓有的會吹笛，有的會寫信，多才多藝。元人陶宗儀《書史會要》說：「田田、錢錢兩位歌妓一個姓田，一個姓錢，乾脆就以姓命名，叫田田、錢錢。兩妓都識字，能寫書信與文章，常替辛棄疾回信給朋友。」既有紅顏知己，又能幫忙處理日常事務，看來辛棄疾雖然閒隱，日子過得倒很幸福。

不過，家中養了這麼多人，除了六個歌女，還有九個兒子、兩個女兒。對於無業的辛棄疾，負擔顯然很沉重。他退隱在帶湖長達十一年多，日漸捉襟見肘，妻子大概因為太操心「柴米油鹽醬醋茶」，病倒了。

辛棄疾請醫生來看病把脈，擅長吹笛的整整站在一旁服侍。整整相當伶俐貼心，一心期待醫生早點醫好夫人的病。沒想到辛棄疾竟然指著她說：「老妻如果病好了，就把她送給你。」沒幾天後，辛夫人的病果然痊癒。辛棄疾也履守約定，把整整送給了醫生。

整整離去前，辛棄疾唱了這首〈好事近〉，把整件事的前因後果全部唱了出來。詞中提到「只有一個整整，也盒盤盛得」，意思是說日子很窮，只剩下整整這一位歌妓了，你就整盤端走吧。2

辛棄疾這樣唱可不是開玩笑，讓人意想不到的是，醫生竟然也沒有抗議辛棄疾看霸王病，開心地領走了整整。可見整整一定既聰明美貌又多才，醫生覺得有賺頭，開心笑納呢。事實上，辛棄疾是第二次閒居江西瓢泉時，才因病把所有歌妓全部送走。

以現代人的眼光，用一個活生生的歌妓折抵醫藥費，相當荒謬。但古代的女性不僅沒有人權，更缺乏地位，歌妓、侍妾更像貨物一樣，隨著主人高興就會被轉贈他人。

注釋

1 參考脫脫：《宋史・辛棄疾傳》，卷四〇一。

2 參考周煇：《清波雜志》，卷三。

臨死前的真情懺悔錄

八十一年住世，四千里外無家。
如今流落向天涯。夢到瑤池闕下。
玉殿五回命相，彤庭幾度宣麻。
止因貪此戀榮華。便有如今事也。

——蔡京〈西江月〉

我今年虛度八十一歲，本應安享晚年，卻被放逐到四千里外的異鄉，現今有家歸不得，流落天涯。我只能在夢中飛回帝王仙家。

想到在皇宮裡，多次被命為宰相，在朝廷中，皇帝多次下詔書宣告我，沒想到只是貪戀人生榮華，便淪落為今天的下場。

「鳥之將死其鳴也哀，人之將死其言也善。」鳥在死前的叫聲是悲哀的，人臨死前說的話都是和善的，但何必等到快死了才哀鳴呢？人應該常常反求諸己，趕快修正沒有依禮而行的地方，才能讓行為與價值觀都得到改善。不然就會像宋代「六賊」之一的蔡京一樣，貪財、貪色、貪權，雖然用力抓住權勢地位，但晚景淒涼，可謂最好的前車之鑑。

蔡京少有大志，跟著堂兄蔡襄學書法時，起初不願寫小楷，說「大丈夫當運如椽筆」，椽筆就是指筆力雄健。蔡京認為大丈夫不要小心眼、小格局，書寫時應該以大手筆氣貫長虹。後來他求教多位老師，精益求精，最後深得王羲之的筆意自成一家，「字勢豪健，痛快沉著」，當時號稱「天下第一蔡」。

蔡京書法雖然端嚴秀健，筆力遒勁，但卻被《水滸傳》斥為四大奸臣之首。北宋歌謠：「打了桶（童貫），潑了菜（蔡京），便是人間好世界。」可看出人們有多恨惡蔡京，認為除掉他就能過上好日子。

開創歷史的蔡京五十六歲開始當徽宗的宰相，雖然曾被罷免三次，但時間都很短。第四次拜相時，蔡京已是七十九歲高齡，不僅無法治事，幾乎一腳已踏入了棺木，徽宗卻依然任用他，並且允許他把政事交給小兒子代為處理。蔡京當了十七年宰相，四起四落，堪稱古今第一人。另一方面，蔡京與弟弟蔡卞是第一對兄弟宰相，與兒子蔡攸是第一對父子宰相。但是他們都見利忘義，以至最後兄弟鬩牆，父子冷漠相待。

蔡京當紅時，徽宗七次光臨他家，並將女兒延慶公主嫁給他的第五個兒子蔡鞗，賞賜金銀珠寶不計其數。徽宗在蔡京家中不僅免除君臣之禮，就像是家人一般，還讓他與自己同坐飲酒。蔡京家的僕役甚至做了大官，陪嫁的婢女封為夫人。可見蔡京「惑主」的威力。

宋徽宗曾聽信蔡京的主張，將反對王安石新法的司馬光、文彥博、呂公著、蘇轍、蘇軾等舊黨三百零九人，列為「元祐奸黨」，立「元祐黨籍碑」於端禮門，同時下令在全國各地刻碑立石，「以示後世」。就連這些人的子孫也不能在京城及附近做官。

蔡京專門欺壓忠良。《宋史．蔡京傳》說他天資聰穎，可惜專橫又放肆，專為鞏固自己的地位，政治人品和官德操守實在令人不齒。[1]太學生陳東曾經上書，稱蔡京、童貫等人為「六賊」，蔡京更是六賊之首。他假借奉承上級的名義，其實是為了自己的私利，時常掠奪百姓，什麼手段都使得出來。

蔡京的罪行昭彰，但宋太祖有不殺士大夫的遺訓，因此被發配到瘴氣重重的嶺南。《揮麈後錄》記載，蔡京在路上因為饑渴，想買東西吃，但路途上的店家一聽說是蔡京要吃的，沒人願意賣，甚至圍著他的轎子破口大罵。直到州縣吏來趕走包圍的群眾，事情才告平息。蔡京坐在轎中嘆息：「京失人心，一至於此。」

蔡京一到潭州，就寫下這首〈西江月〉。詞中的「宣麻」是指宋代拜相命將，會用白麻紙寫詔書，在朝廷裡公布。蔡京透過填寫這首詞，唱出自己當下的心情——曾經多次被命為宰相，多少的光榮事蹟，都因為貪戀榮華，今日淪落如此下場。

寫完〈西江月〉沒幾天，蔡京就死了。他的老門人呂川卞（呂辨）籌了些錢為他辦後事，並為他作墓誌說：「天寶之末，姚、宋何罪。」指後人不會將唐玄宗末年發生安史之亂的責任，歸咎在唐玄宗初年的賢相姚崇和宋璟身上，意指不應把宋亡國之罪歸給蔡京。[2]

另一方面，〈西江月〉一詞在《宣和遺事．利集》裡有不同的記載。指出蔡京一家貪得富貴、權勢、美色，結果子孫三十三人被流放。蔡京被移送到潭州（今湖南）時，由使臣吳信負責押送。再怎麼壞的臣子，也會有忠心的隨護。吳信為人處事很小心，一路謹慎地服侍蔡京。蔡京感念舊情，不禁流下淚來，並命令吳信和他對坐，作詞〈西江月〉自表心跡。[3]

八十衰年初謝，三千里外無家。
孤行骨肉各天涯，遙望神京泣下。
金殿五會拜相，玉堂十度宣麻。
追思往日謾繁華。到此番成夢話。[4]

後來蔡京在潭州住了一個多月，「怨恨而死，年八十」。

蔡京死於長沙城南邊五里外的東明寺。剛好潭州太守是他的仇家，故意放屍數日不收殮，隨行使臣只好隨便用草蓆包一包，將他葬入漏澤園。大家都說蔡京得到了報應。[5]漏澤園正是蔡京設置的，專門收葬無主及窮人骸骨，沒想到自己卻用上了。

蔡京的長子蔡攸同樣被安置永州，後移到萬安軍（今海南萬寧）。朝廷還派使者到萬安軍斬他，並且把他的頭顱傳送四方。另一個兒子蔡翛也以復辟之謗伏誅。這一家人的下場實在悲慘，足為後世貪官汙吏的警惕。

注釋

1 參考《宋史·蔡京傳》：「京天資凶譎，舞智御人，在人主前，顓狙伺為固位計，始終一說。」

2 王明清：《揮麈後錄》，卷八。

3 無名氏：《大宋宣和遺事·利集》。「蔡京責授祕書監分司南京，尋移德安府衡州安置。正言崔鶠言：『賊臣蔡京姦邪之術，大類王莽，收天下姦邪之士，以為腹心，遂致盜賊蠭起，夷狄動華，宗廟神靈為之震駭，遂竄蔡京澹州編置，及其子孫三十三人並編管遠惡州軍（廣南）。』與『在後蔡京量移至潭州（湖南）。那時使臣吳信押送，為人小心，事京尤謹。京感舊泣下嘗獨飲，命信對坐，作小詞自述云〈西江月〉』。」

4 釋義：我剛過了八十歲，卻被流放到三千里外的異鄉，無家可歸啊。孩子們也都被放逐，四散到天涯海角，遠遠地眺望京城而潸然淚下。／／像我這樣五次拜相，十度加官晉爵的人，追想往日的繁華都已成空，到此這一切都成為空，都是夢話。

5 周煇：《清波雜誌》，卷二。「人謂得其報。」

亡國哀音

玉京曾憶昔繁華。萬里帝王家。
瓊林玉殿，朝喧弦管，暮列笙琶。
花城人去今蕭索，春夢繞胡沙。
家山何處，忍聽羌管，吹徹梅花。

——宋徽宗〈眼兒媚〉

回想汴京以前的繁華，萬里江山都是帝王家的。華麗的宮殿園林，弦管笙琶的樂聲日夜演奏不斷。

花城早已是空寂無人、蕭索冷落，雖然身處黃沙漫天的胡地，汴京那如春的美景，仍然縈繞在我夢中。家鄉在何處，怎麼忍心聽到那羌笛吹奏淒涼徹骨的〈梅花落〉。

每個朝代都有亡國之君。南唐李後主是最早以詞來抒發亡國之痛的君王。他被擄到宋時，填詞〈相見歡〉，其中「無言獨上西樓」這句，被黃昇《花庵詞選》評為：「此詞最淒惋，所謂亡國之音哀以思。」而李後主被幽囚的三年歲月裡，幾乎整天以淚洗面，最後寫下絕筆詞〈虞美人〉：「問君能有幾多愁，恰似一江春水向東流。」死時年僅四十二歲。後人感嘆李後主身分的錯置：「作個才人真絕代，可憐薄命作君王。」

北宋滅掉了南唐，一百六十七年後，即南遷到杭州。

北宋徽宗趙佶是神宗的第十一個兒子，與當時的皇帝哲宗是同父異母的兄弟。哲宗二十三歲便夭折無後代。在此之前，徽宗早就算計好，對神宗的正宮皇后向太后極為敬重孝順，每日晨昏省視，因此哲宗亡故後，向太后根本聽不下宰相章惇「趙佶輕佻，不可以君臨天下」的話，堅持認為徽宗「仁孝端正，有福壽之相」，讓徽宗當上了皇帝。

徽宗擁有藝術家的浪漫，喜好奇花異石，熱愛美食，擅長書法，獨創瘦金體。在政治上卻昏庸無能，惑於道術，重用蔡京等「六賊」，危害百姓。元朝宰相脫脫在撰寫《宋史．徽宗本紀》時擲筆而嘆：「宋徽宗諸事皆能，獨不能為君耳！」

荒唐的國政，當然造成荒頹的國勢，最後惹來金兵南侵，將徽宗和欽宗，連同后妃、宗室、百官數千人，以及所有古玩珍寶，擄掠一空，導致北宋滅亡。

北押途中，徽宗受盡淩辱。先是愛妃王婉容等人被金兵將領強行押走，為保全名節自刎車中。年僅二十六歲的欽宗皇后美貌出眾，一路飽受金兵調戲，抵達金國都城後，被命令入金宮「賜浴」，最後在當天自盡。

徽宗和欽宗則被命令穿上金人的服裝，頭纏帕頭，身披羊裘，袒露上半身，頸上繫著繩子，像羊一樣被人牽著，任人宰割，還被拉到金國的阿骨打廟舉行「牽羊禮」，象徵獻俘。

徽宗在北行途中曾看見杏花，悲從中來，寫下〈燕山亭．北行見杏花〉，詞中寫自己被俘至北方，正是杏花怒放的季節，然而連現在是哪兒都不知道，想見故國只有在夢中，可是夢卻難做成，歸國願望已絕，令人不忍卒讀。

金人把徽宗擄到遼國的西京雲州時，有一天夜宿林下，當時月色微明，胡笳聲嗚嗚咽咽，徽宗順口就唸出了這首〈眼兒媚〉。想到以前坐擁萬里山河，如今山河變色，淪為階下囚，不忍心聽胡笳吹奏〈梅花落〉的曲子。清代詞人朱祖謀評這首〈眼兒媚〉：「大有亡國之痛。」[1]

陳霆在《渚山堂詞話》裡說，欽宗的詞比徽宗更悽愴，自己幾乎不忍心一起抄錄下來。他還感嘆父子兩人大造奢華的宮殿園林，日夜笙歌不斷，竟然落難至此，應該後悔莫及。而他每次一批閱，都忍不住鼻酸難過。[2]

宋欽宗的〈眼兒媚〉和作：

宸傳三百舊京華。仁孝自名家。

一旦奸邪，傾天拆地，忍聽琵琶。

如今在外多蕭索，迤邐近胡沙。

家邦萬里，伶仃父子，向曉霜花。

欽宗在詞中寫道，仁孝傳家已近三百年，哪知奸邪作亂，只得淪落到萬里外的被擄地，不忍聽琵琶的哀音。形容自己和徽宗是一對孤零的父子，沒有權勢與國家的保護，只能成為被凌辱的階下囚。看來欽宗並沒有自我反省，責怪是奸邪作亂。

日後，宋徽宗被金帝辱封為「昏德公」，宋欽宗為「重昏侯」，意思是父子兩人都昏憒無能。他們被關押在韓州（今遼寧昌圖），又被遷到五國城（今黑龍江依蘭）囚禁。

作為一個亡國之君，宋徽宗的荒淫為北宋帶來了萬劫不復的災難，也自食其果，最後客死異鄉，兒孫淪為俘虜，受盡凌辱。南朝宋順帝在蕭道成的逼迫之下，下詔禪位，曾經流著眼淚說：「願後身世世勿復生帝王家。」明思宗在亡國時也對公主說：「妳為什麼要生在我家！」聽來真讓人心痛。其實，他們的子民更應該痛哭才是，如果這些帝王在主持國政時更用心，關心百姓，應該就不會如此悲慘地亡國了吧。

注釋——

1 清代詞人朱祖謀評為：「此為徽宗被俘北上後所作，大有亡國之痛。」

2 陳霆：《渚山堂詞話》，卷三。「此詞少帝有和篇，意更悽愴，不欲並載。吾謂其父子至此，雖噬臍無及矣。每一批閱，為酸鼻焉。」

死別前最後一首詞

惜多才，憐薄命，無計可留汝。
揉碎花箋，忍寫斷腸句。
道傍楊柳依依，千絲萬縷。抵不住、一分愁緒。
如何訴。

指月盟言，不是夢中語。
便教緣盡今生，此身已輕許。
捉月盟言，不是夢中語。
後回君若重來，不相忘處，把杯酒、澆奴墳土。

——戴復古妻〈憐薄命〉

家父憐愛復古的才華，可憐女兒卻是薄命。儘管千方百計挽留你，卻無法留下你。在離別時，怎忍心寫下肝腸寸斷的離別句，只能揉碎花箋。分手時道旁千絲萬縷的楊柳依依，卻比不上惜別時依依不捨的愁緒。事到如今，該從何說起？又有什麼可說？

這可不是說夢話，當年你發過誓的。即便是今生緣分已盡，然而此身已經輕易相許。你曾說只要我喜歡，連天上的月亮都會摘下來送給我，這可不是說夢話啊。可是僅僅三年，誓言就已成空。只希望你再來此地時，如果沒有忘掉舊情的話，請在我的墳土上澆奠一杯酒。

在古代，妻以夫為貴，嫁人成為女人一生最大的賭注。以前的觀念是一女不事二夫，嫁人就要從一而終，如果嫁錯，再回頭都是百年身。婚姻不是兩個人的事，而是兩個家族的事。古代女人沒有婚姻自主權，全憑媒妁之言，父母做主。嫁錯了，只能自認倒楣，所以說「女怕嫁錯郎」。

宋代女詞人朱淑真由父母做主嫁給一位官吏，兩人因為志趣不合，相處很不愉快，最後朱淑真憂鬱早死。聽說她過世後，父母太傷心，將她寫的詩文全燒掉了，現在只留下《斷腸詩集》與《斷腸詞》。

另一位無奈又倒楣的女士甚至根本沒人知道她的名字，僅稱她為戴復古妻，而她寫下的〈憐薄命〉一詞，卻是如此叫人神傷。

戴復古是一位大名鼎鼎的江湖詩人，他的詩名曾經響徹東南方半個天下。[1]所謂江湖詩人，就是一生都沒做官。戴復古有四十多年時間，都自由自在漫遊在江湖間。但他的妻子為何寫這首〈憐薄命〉呢？

據《輟耕錄》所說，戴復古還沒有飛黃騰達時，流落在江西一帶，武寧有個富翁很欣賞他的才華，就把女兒嫁給他。他住了二、三年後，忽然想回老家去，妻子問他原因，才坦白早已娶妻。妻子告訴父親，富翁很生氣，賢慧的妻子不但委婉替他解釋，還把所有的嫁妝送給他。兩人離別時，妻子寫下這首哀怨的〈憐薄命〉。丈夫一走，她立即跳江自盡，是個賢烈的女人！[2]

這首詞的詞牌原名〈祝英台近〉，取自梁山伯與祝英台死後化為蝴蝶的故事，曲調宛轉淒抑。[3]因為有〈憐薄命〉句，所以詞牌又叫〈憐薄命〉。詞中前三句「惜多才，憐薄命，無計可留汝」，講的是女主角以為嫁給人人稱羨又有才華的丈夫，沒想到丈夫卻是使君有婦，而且一直遊走江湖。想到遇人不淑，想挽留丈夫但他去意已堅，自己無計可施。「揉碎花箋，忍寫斷腸句」，寫出妻子的無奈與掙扎。雖然攤開了花箋，一會兒後卻又揉碎了花箋，內心既痛苦又煎熬，怎麼忍心寫下讓人柔腸寸斷的訣別詞句。這時看到道旁的楊柳千絲萬縷，都比不上一分的離別愁情。詞中的「揉碎花箋」就像心被一片片揉碎，讀到這裡，往往讓讀者的心也被揉碎似地，引起許多人共鳴，因此這首詞還有第三個別名，就叫〈揉碎花箋〉。

下片寫到丈夫以前指月發誓要白頭偕老，現在都像說夢話一般虛無，丈夫的謊言與欺騙讓人難堪，深感緣盡情絕，痛下決心要自斷殘生。因此後四句「後回君若重來，不相忘處，把杯酒、澆奴墳土」交代遺言，如果丈夫日後再回來，沒有忘記這段情的話，請在墳上澆奠一杯酒。而讀了這首詞，無人不為戴復古妻的命運惋惜與不捨。

明代《黃岩縣志．人物志．列女》也有相同記載，而且更明確提及富翁姓金，女名「伯華」。戴復古住了三年，才說家中早有妻室，打算離去；但是等他回到故鄉，妻子已經過世，臨終時在牆上題了兩句詩：「機翻白紵和愁織，門掩黃花帶恨吟。」意思是說，我憂愁地紡織著潔白的夏布，門虛掩著黃花，哀怨地吟著詩。

戴復古看了大哭一場，接續這兩句，寫成了一首七言律詩。[4]〈續亡室題句〉：

伊昔天邊望藁砧，天邊魚雁幾浮沉。機翻白紵和愁織，門掩黃花帶恨吟。
自古詩人皆浪跡，誰知賢婦有關心。歸來卻抱雙雛哭，碑刻雖深恨更深。[5]

他深知髮妻帶著兩個幼兒在家苦苦等待，但他不負責任、離家就忘了歸來，還在外面再娶，當富翁的乘龍快婿，忘記應該負起照顧家庭的責任。三年後回到故鄉，妻子已死，即使再怎樣深深哀悼，也無法挽回一切，只有傷害那些愛他的人的心。

以後戴復古又有〈題亡室真像〉，首聯為：「求名求利兩茫茫，千里歸來賦悼亡。」可見歸家後感到不僅名利兩頭空，妻子也撒手而去，讓他深深自責。

他另有一首〈木蘭花慢〉：

鶯啼啼不盡，任燕語、語難通。這一點閒愁，十年不斷，惱亂春風。重來故人不見，但依然、楊柳小樓東。記得同題粉壁，而今壁破無蹤。
蘭皋新漲綠溶溶。流恨落花紅。念著破春衫，當時送別，燈下裁縫。相思謾然自苦，算雲煙，過眼總成空。落日楚天無際，憑欄目送飛鴻。6

有學者認為這首〈木蘭花慢〉是寫給第二個妻子的。十年後，「重來故人不見」，舊地重遊，楊柳小樓依舊，卻已物是人非。當時穿著破春衫，如今「過眼總成空」，雖然無比悵恨也無可奈何，只能靠著欄杆，眼看鴻鳥飛去。

戴復古雖然負心，他也很幸運，第一個妻子會寫詩，第二個妻子會填詞，都有文學素養，也都爭著愛他，可惜她們一樣不幸，都嫁給忘了回家、沒有家庭觀念的男人，同樣悲慘地步入黃泉。

注釋——

1 包恢：《石屏集．序》：「以詩鳴東南半天下。」

2 陶宗儀：《輟耕錄》，卷四。「戴石屏先生復古未遇時，流寓江右，武寧有富家翁愛其才，以女妻之。居二、三年，忽欲作歸計，妻問其故，告以曾娶。妻白之父，父怒。妻宛曲解釋。盡以奩具贈夫，仍餞以詞云。（中略）夫既別，遂赴水死。可謂賢烈也矣！」

3 毛先舒：《塡詞名解》，卷二引《寧波府志》。

4 袁應祺：《萬曆黃岩縣志·人物志·列女》，卷六。

5 戴復古著，吳茂雲，鄭偉榮校點：《戴復古全集校注》，卷六。「石屏久游湖海，祖妣遂題二句於壁云：機翻白苧和愁織，門掩黃花帶恨吟。後石屏歸祖妣已亡矣，續成一律。」

6 釋義：春天的黃鶯一直啼叫著，翻飛的燕子任意呢喃，卻訴說不清心意。春風輕拂，擾亂心緒，這點情愁十年來不斷地盤旋心頭。舊地重遊卻再也看不見愛妻。只有小樓東邊的楊柳，依然絲絲如縷。記得我倆曾一同在粉壁上題詩，如今已是破壁殘垣，以前的詩句無影無蹤。／／水澤中漲起一片綠溶溶，上面漂流著彷彿含恨凋落的紅花，岸旁長滿蘭草。我清楚地記得，當年送別時，妳在燈下連夜裁剪春衫，現今穿在身上已經破舊。這一切想念之苦只是自我折磨，都是徒然，往事已如雲煙，過眼總是成空。在暮色蒼茫中，仰望漫無邊際的南天，什麼都不能挽回了，只能無助地靠著欄杆，目送鴻鳥飛遠。

後記

不分古今，乘著歌讓心靈共鳴

我在詞學專題的課堂上，經常提到宋詞多是靠當時的歌妓傳播，然而古代會唱歌、寫歌的人不分男女。像戰國的秦青、薛譚，漢朝的李延年，唐朝的李龜年、李衮等都是男歌者。不管是男歌者或是女歌者，他們的歌聲都唱出了心中的感動，安慰遊子、逐臣、棄婦的心，或是鼓舞失意、挫折的人，有時也帶給人歡樂與希望。

唱歌最能傳達心聲，聽歌最能卸下人與人之間的防備，也最容易撥動心靈深處的脆弱。有些歌扣人心弦，不管是激昂慷慨，或是怨慕如泣，歌聲如夢似幻，常使歌唱者唱得內心迴旋激盪，哽咽流淚，難以自已，也使聽者身歷其境，甚至感動落淚，例如荊軻入秦前，高漸離擊筑送別，荊軻用高亢而悲壯的聲調跟著唱和，易水旁送行的「士皆涕淚」。受唐玄宗寵愛的李龜年，在安史之亂後流落江南，每遇到良辰美景便演唱數曲，常令聽者思念往昔「泫然而泣」。歌聲成為歌者與聽者的最佳心靈溝通，歌者能藉著歌聲，酣暢淋漓地幫助聽者發洩鬱悶情懷。

唱歌或聽歌時，內心受感動，神魂受激盪，因此不自覺地流淚，這些淚水有洗滌傷口的魔力，發出安撫慰藉的效用，將所有的痛苦悲傷，隨著歌聲與淚水傾洩，心靈得到釋放。耳旁只留下悅耳的歌聲，鼓舞著聽到的人，想起人生多美好的讚嘆，激發向上的力量。

古人說：「絲不如竹，竹不如肉。」意思是說用絲弦樂器彈撥的曲子，不如竹管吹奏的樂曲動聽，而用竹管吹奏的樂曲，又比不上嘴巴唱出的歌聲動人。這是指歌聲的藝術魅力無敵，能宣洩情感，觸動緊閉的心絃，使真情流露。

宗教上，人們也常使用歌聲禮讚造物主的至高無上與豐盛慈愛。很多人在歌頌敬拜中，常感動到熱淚盈眶，好像乘著歌聲的翅膀，飛翔在喜樂與雀躍中，彷彿沉浸在天人合一的境界，進而卸下生命的重擔與壓力，並能再次對生命充滿盼望與把握。

宋朝離現在已經一千多年，不僅年代久遠，而且宋詞因工尺譜以及板眼（節拍）的亡佚，已經很多詞不能歌唱，成為案頭文學；但是經過後人的努力蒐集、編修，還存有少部分可以唱的。

記得好多年前，我在中原大學兼課，搭校車時，有位姜校牧坐我旁邊，他也是中文系畢業的，知道我研究詞，馬上說他大學的老師上詞選這門課時，曾教過唱詞，接著就唱了一首秦觀的〈滿庭芳〉「山抹微雲」。雖然牧師已經將餘生奉獻給上帝，以傳道為業，但他唱起詞來依然情感充沛，陶醉其中而且餘音裊裊，讓人聽了很感動也很慚愧。自己身為詞學老師，卻不會唱詞。事後我決定學唱幾首宋詞，好在課堂中親自唱給學生聽，透過歌唱更加傳達詞人的心境與情感，使學生更能深深體會宋詞的情韻之美。

很多年後，我代表學系到山東大學簽署交流計畫，在座談會中他們知道我教宋詞，希望我能唱一首詞，盛情難卻之下，我「被迫」引吭高歌一曲蘇軾的「念奴嬌」，雖然多處自動變調，但仍贏得許多掌聲、笑聲，也增加交流的情誼與樂趣，他們很羨慕在大學的中文系能開設詞選的必修課程，何況東吳大學還有詩詞吟唱的停雲詩社，保存著宋詞歌唱的美音。

唱歌是人生中享受的事，高興時唱喜樂的歌，悲傷時唱哀歌，得意時唱感恩的歌，失意時唱首勵志的歌，用歌聲來提升心靈，鼓舞自己，也把快樂感染周圍的人。期望我們的人生都能充滿美妙的旋律，讓大家都來唱一首好聽的宋詞。

本書中提到宋朝因為唱詞而產生的趣事，不論是升官、受器重、得獎賞，或因唱詞而遭災禍、下監牢，都讓人感受宋詞在當時受關注的情形。宋詞的威力無窮，魅力更是無法擋。

書終於完成了，要感謝歷史系蔣武雄教授幫忙解釋許多宋代官職的職掌，以及本系林伯謙教授提供資料的詮釋，也感謝時報出版李總編與邱主編，給我許多美好寶貴的意見。

謹以此書獻給熱愛宋詞的朋友們。

LEARN 系列 030

聽見宋朝好聲音：宋詞那些人、那些故事

作　者—蘇淑芬
主　編—邱憶伶
責任編輯—陳詠瑜
責任企畫—葉蘭芳
封面設計—李莉君
內頁設計—張靜怡
董事長—趙政岷
出版者—時報文化出版企業股份有限公司
一〇八〇一九臺北市和平西路三段二四〇號三樓
發行專線—（〇二）二三〇六—六八四二
讀者服務專線—〇八〇〇—二三一—七〇五
（〇二）二三〇四—七一〇三
讀者服務傳真—（〇二）二三〇四—六八五八
郵撥—一九三四四七二四時報文化出版公司
信箱—一〇八九九台北華江橋郵局第九十九信箱
時報悅讀網—http://www.readingtimes.com.tw
電子郵件信箱—newstudy@readingtimes.com.tw
時報出版愛讀者粉絲團—https://www.facebook.com/readingtimes.2
法律顧問—理律法律事務所陳長文律師、李念祖律師
印　刷—盈昌印刷有限公司
初版一刷—二〇一七年五月二十六日
初版三刷—二〇二二年二月十五日
定　價—新臺幣三二〇元

時報文化出版公司成立於一九七五年，並於一九九九年股票上櫃公開發行，
於二〇〇八年脫離中時集團非屬旺中，以「尊重智慧與創意的文化事業」為信念。

聽見宋朝好聲音：宋詞那些人、那些故事 / 蘇淑芬著 .
-- 初版 . -- 臺北市 : 時報文化 , 2017.05
288 面 ; 14.8×21 公分 . --（LEARN 系列 ; 30）

ISBN 978-957-13-7015-6（平裝）

1. 宋詞　2. 詞論

820.9305　　　　106007132

ISBN：978-957-13-7015-6
Printed in Taiwan